——— 날마다,
B

날마다, ___ B

어느 수줍은 시인의
B급 라이너 노트

——— 현택훈

싱긋

일러두기

일부 영화 제목은 국립국어원의 외래어표기법에 따르지 않고 개봉 당시의 제목으로 통상적 표기에 따랐다.

프롤로그

오랜만에 찾은 우당도서관은 달라진 것이 없어 보였다. 공무원시험 대비 공부하는 청년들과 신문을 읽는 늙수그레한 사람, 모퉁이에서 담배를 피우는 사람들. 그 도서관은 내가 시인이 되겠다는 꿈을 꾸며 시집을 찾아 읽던 곳이다. 내 앞을 달려가는 중학생들을 따라 나는 타임 루프에 빠진다. 나는 도서관 서가에서 윤동주 시집 『하늘과 바람과 별과 시』의 책등을 쓰다듬는다.

"웬 시?"

태홍이가 내 어깨를 툭 친다. 나는 멋쩍게 웃으며 태홍이를 따라 도서관 옆 공터로 나갔다. 그 무렵 신진호 시집 『친구가 화장실에 갔을 때』를 읽고 시를 어렴풋이 좋아하던 나는 국어 시간에 읽은 「서시」에 반해 윤동주 시집을 카세트테이프처럼 되풀이하며 읽었다.

그때 친구가 말한 '웬 시'를 지닌 채 여기까지 왔다. 서울에서 금융회사에 다니는 태홍이와는 몇 년 전까지만 해도 명절 연휴에 만나곤 했지만 이제는 그런 만남도 드물다. 만나면 중학생 때 이야기를 하는데, 그때 태홍이가 들려준 음악들이 나에게 시적 감수성을 만들어주기도 했으나 지금은 너무 멀어져버린 시간에 조금씩 멀미를 느끼는 중이었다.

초등학교 동창을 만나 내가 시를 쓴다고 하면 대부분 놀란다. 개구쟁이였던 내가 시인이 될 줄 몰랐다는 반응이 대부분이다. 나는 정말 말 그대로 산만한 아이였다. 수업 시간에 종이비행기를 날리다가 선생님께 혼난 적도 있다. 나는 부디 그 엉뚱함이 시의 자양분이 되었기를 세뇌중이다. 그러고 보면 초등학교 3학년 때 학습지 〈다달학습〉에 내 시 「이슬」이 활자화되었을 때의 감흥을 잊지 못해 시인이 되었는지도 모르겠다.

그런데 시인을 꿈꿀 때 한 번도 무명 시인의 삶을 염두에 두지 않았다. 많은 사람이 내 시집을 읽고 감동받는 모습을 상상했다. 마침내 시인이 되었지만 시집이 팔리지 않았다. 첫번째, 두번째 시집이 절판되고 나는 잘나가지 않는 시인이 되었다.

동경하며 읽었던 유명 출판사의 시선에 내 시집이 포함되지 못하자 나는 현실을 인정하기 시작했다. 하지만 이름이 알려지지 않은 시인이라 해서 시를 그만 쓸 수는 없지 않은가. 그래서 비주류로 살아야 한다면 '어떻게 살아야 하는 것일까' 하는 고민을 하게 되었다.

우리는 흔히 정품보다 못하거나 아류 혹은 이름 없는 예술에 B급이라 등급을 매긴다. 하지만 예술에 급을 매겨 줄을 세우는 것은 좀 아니다. 그래서 나는 그냥 B라 하겠다.

그런데 B의 삶을 쓰려니 약간 비참한 생각이 든다. 열패감에 허우적대야만 한다. 그러다 위안을 얻은 것이 B의 마음이다. 약하고 외롭고 소외된 이의 편에 서는 것이 B다. B의 정서는 비록 성공하지 못했어도 따뜻한 품성으로 서로 이해하며 사는 마음이다. 그렇게 생각하니 우울한 마음이 한결 나아졌다.

무명 가수는 오늘도 노래하고 무명 시인은 오늘도 시를 쓴다. 그 '웬 시'는 '웬 떡'이 되어 나에게 얼마나 많은 기쁨을 주고 있는가. 나에게는 근사하게 맛있는 시가 있다.

차례

“
알 수 없는 음악가
”

나는 라디오 키드였다. 라디오가 나를 시인으로 만들었다. 라디오를 들으면 상상하게 된다. 라디오가 진행되는 부스를 상상하게 되고, 사연을 들으면 그 이야기를 상상하게 된다. 또 음악은 많은 감정을 불러일으킨다.

지역방송 라디오에 패널로 참여한 적 있다. 나는 말을 어눌하게 하는데, 사람들은 시인이라는 이유로 이해해준다(옷을 못 입거나 약속 시간에 늦어도 시인이면 봐주는 경향이 있다. 시인이 되면 좋은 점이다).

음악 산문집을 낸 적 있어서 인디음악 관련 코너를 맡게 되었다. 코너 이름도 내가 지었다. ‘알 수 없는 음악가’. 일주일에 한 번 인디음악을 소개했다. 어느 날 진행자가 나에게 인디음악을 소개하는 까닭을 물었다. 순간 난처했다. 나는 왜 사람들에게 대중적인 인기도 없는 인디음악을 소개하고 있는 것일까. 나는 잠시 망설이다 대답했다. 인디음악이 무명 시인의 시 같다고. 좋은 음악을 만들었어도 대중의 인기를 얻지 못하는 가수가 있듯이 예술을 창작하는 사람 중에는 그런 경우가 많을 것이라고 덧붙였다.

나는 '알 수 없는 음악가'와 같은 예술을 하고 있다. 유명한 예술가가 되고 싶은 것은 인간의 욕망이다. 하지만 나는 '알 수 없는 시인'이다. 누군가는 사후에 유명해질 수도 있다고 위로하지만 아무래도 나는 내세보다 현재의 삶에서 좀더 안락해지기를 희망한다.

무명 시인의 삶은 좀 우울하다. 시를 써도 발표할 문예지도 없고, 시집을 내도 별로 반응이 없다.

그래도 '알 수 없는 예술가'의 삶에도 장점이 있겠지. 꿈을 꿀 수 있다. 꿈을 이루지 못했으니 동경만으로도 행복해질 수 있다. 일종의 자기 최면이 필요한 일이지만 헛된 꿈에 대한 희망이라도 갖고 산다. 가령 내 시도 교보생명 글판에 걸리는 날이 오겠지 하는 꿈의 풍선을 잡는다.

시인들은 이 상상력이 너무 좋아서 탈이다. 나의 상상력을 높여준 것은 라디오였다. 그러므로 자녀가 예술가가 되기를 원하지 않는다면 당장 라디오를 치워라.

나는 어렸을 때부터 라디오를 즐겨 들었다. 처음에는 방학 때 있었던 '탐구생활' 숙제 때문이었다. 엄마가 금성 카세트 라디오를 사오셨다. EBS를 듣던 중 주파수를 돌리다가 FM으로 넘어간 것이 이 세계의 시작이었다. 여전히 내가 머물고 있는 이 세계는 음악으로 가득찬 우주다. 디제이의 말과 선곡 음악을 들으며 나는 우주를 유영한다.

라디오, 정확히는 FM 라디오를 듣게 되면서부터 다른 세상을 접했다. TV에 나오는 오버그라운드가 전부인 줄 알았는데, 귀한 음악들은 대개 언더그라운드에 있었다. 뮤지션의 얼굴은 잘 몰라도 노래를 좋아하게 되었다. 〈2시의 데이트〉, 〈음악도시〉, 〈별이 빛나는 밤에〉, 〈전영혁의 음악세계〉, 〈신해철의 고스트네이션〉 등을 즐겨 들었다. 지역방송도 좋아했으며 인터넷이 등장하자 해적방송 같은 성문영의 〈세상은 듣지 않는다〉도 찾아서 들었다.

라디오에서 마음에 드는 노래가 흘러나오면 카세트에 공테이프를 넣고 녹음했다. 플레이 버튼과 녹음 버튼을 동시에 누르는 느낌이 근사했다. 녹음하는 동안에는 숨죽였다. 광고나 방송 시간 때문에 음악이 끊기면 너무 아쉬웠다. 그때 녹음했던 테이프들은 다 잃어버렸다. 그 카세트도 고장이 나서 버렸다. 지금 생각하면 너무 아깝다. 나중에는 마이마이(휴대용 카세트 라디오)를 들고 다녔다. 잃어버린 물건 중에 가장 아쉬운 물건이 그 금성 카세트 라디오다.

영어 회화 테이프에 노래를 녹음하여 혼난 적도 있다. 왜 영어 회화 공부를 하지 않느냐는 엄마의 물음에 다른 말로 얼버무리다 들통이 났다. 죄다 노래로 바꾸어 놓았던 것이다.

나는 팝송은 좋아했지만 영어는 좋아하지 않았다(모순이라 여길 수도 있겠지만 사실이다). 영어를 공부하면 할수록 팝송과 멀어지는 느낌이었다(내가 생각해도 정말 말도 안 되는 핑계지만). 팝송 노랫말로 영어 공부를 하는 라디오 프로그램이 있었는데, 그 방송은 썩 좋아하지 않았다. 내가 상상했던 노랫말의 뜻이 아니어서 실망했던 적이 여러 번 있었기 때문이다. 아니 실망이라기보다는 다른 의미의 상상을 방해받는 기분이었다.

윈도 미디어 플레이어로 음악을 재생하여 들을 때 간혹 '알 수 없는 음악가'라고 뜰 때가 있다. 예전에는

TV 활동 없이 인기 있는 노래를 부르는 가수를 '얼굴 없는 가수'라 불렀다. 이 두 표현은 좀 스산하다. 알 수 없는 이름이 어디 있으며 더더구나 얼굴이 없다니…… 끔찍하다. 요즘은 인디음악이라 부르는데, 그래도 무명 가수라 부르는 것보다는 낫다.

그런데 무명 시인이라는 말은 종종 쓰인다. 알 수 없는 시인이나 얼굴 없는 시인이라 부르지 않는다. 나는 무명 시인이다. 시인으로 유명한 시인이 아니다. 하지만 이름 없는 시인이 어디 있겠는가.

아메리카(America)의 노래 중에 〈어 호스 위드 노 네임(A Horse with No Name)〉을 들으면 이름 없는 말에 대한 이야기가 나온다. "난 무명의 말을 타고 사막을 지나왔어"는 지금의 내 처지와 비슷하다. 라디오에서 〈음악캠프〉를 진행하는 배철수 아저씨가 말했다. 말은 원래 다 이름이 없다고. 말은 이름 없이 그저 달릴 뿐이라고. 이름이 유명해지는 것이 뭐 그리 중요한가. 무명의 말처럼 이름 없이 그저 살아가면 된다. 따그닥따그닥.

“

리스너

”

플랜 B, 차선책, 궁여지책 등의 말을 좀더 긍정적으로 생각하면 대안, 자구책, 전략 모델 등으로도 가능할 테고 조금 부정적으로 생각하면 임시방편, 미봉책, ‘언 발에 오줌 누기’ 등이 될 것이다. 다 몇 걸음 차이로 달라질 듯하다.

나는 음악을 하지 못해 시를 쓴다. 악기를 연주하지 못하고 노래도 못해 선택한 것이 문학이다. 그렇다면 나의 문학은 플랜 B인가, 자구책인가, ‘언 발에 오줌 누기’인가.

그러므로 음악을 듣는 것만으로도 만족해하며 산다. 한편으로 생각하면 듣는 것이야말로 음악을 즐기기에 충분하다. 창작자는 자신의 장르를 만들어야 하지만 리스너는 경계가 없다. 좋은 음악이면 장르를 불문하고 다

듣는다. 창작의 고통은 있겠지만 청음의 고통은 없다.

그런데 또 다르게 생각하면 듣는 것은 결코 쉬운 일이 아니다. 오죽하면 학교에서 경청을 강조하겠는가. 듣기에 대한 어려움을 처음 느낀 것은 중학생 때였다. 음악 시간에 클래식을 듣고 제목을 쓰는 시험을 보겠다는 선생님의 말을 듣고 아찔했다. 팝송이나 가요는 자신 있었지만 클래식은 나에게 수학 같았다.

음악 듣기 시험 날짜가 다가오자 조급해진 나는 문득 깐돌이가 생각났다. 깐돌이는 우리반 모범생이었다. 예전에 깐돌이네 집에 놀러간 적이 있었다. 깐돌이의 방에는 놀랍게도 클래식 모음집 카세트테이프가 있었다. 아버지가 듣던 것을 물려받았다고 들었다. 깐돌이네 집에 놀러갔다가 들을 만한 음악이 없어 아쉬워했는데, 그 집에 의외의 보물이 있었던 것.

종례가 끝나고 나는 깐돌이에게 집에 가서 함께 공부하자고 제안했다. 맨날 놀러 다니는 나를 안타까워하던 깐돌이는 다소 놀란 표정을 지었다가 미소로 답하며 어깨동무를 했다. 깐돌이네 집으로 향하는 발걸음이 가벼웠다.

우리는 방바닥에 누워 클래식 음악을 들었다. 베토

벤, 모차르트, 슈베르트 등의 음악이 지루한 강물처럼 천천히 흘렀다. 다른 음악을 들을 것이 없나 하며 살펴보는데, 클래식 카세트테이프가 즐비하게 꽂혀 있는 책꽂이 끝의 카세트테이프 하나가 눈에 들어왔다.

'글렌 메데이로스? 케니 지 같은 연주곡 음반인가?'

글렌 메데이로스를 카세트에 넣고 재생 버튼을 눌렀다. 작은 스피커에서 〈나팅스 고나 체인지 마이 러브 포유(Nothing's Gonna Change My Love For You)〉가 흘러나왔다. 클래식만 듣다가 들어서 더 그랬을까. 글렌 메데이로스의 노래가 너무 감미로웠다. 재킷 사진을 보니 꽃미남이었다. 누군가에게 편지를 쓰고 싶게 만드는 음악이었다. 그 무렵 나는 서울에 사는 또래의 여자아이와 펜팔을 하고 있었는데, 그 아이가 떠올랐다.

나는 천장을 보며 감탄하고 있었고 녀석은 엎드린 책 시험 공부를 하고 있었다. 녀석은 고개를 돌렸다가 다시 책에 집중했지만 어느새 나는 노래를 따라 흥얼거리며 글렌 메데이로스의 노래를 반복하여 들었다. 음악 시험이 좀 걱정되었지만 시냇물처럼 흐르는 음악이 너무 부드러워 나는 이미 푸른 들판에 가 있었다.

하와이에서 태어난 글렌 메데이로스는 열여섯 살 나

이에 호놀룰루 KMAI-94 라디오방송국에서 주최한 콘테스트에 나가 조지 벤슨의 이 노래를 부르고 그랑프리를 차지했다. 이듬해 미국 본토로 간 글렌 메데이로스는 정식 앨범을 냈고 빌보드 차트 상위권에 올랐다.

글렌 메데이로스를 듣고 나자 더는 클래식을 들을 수 없었다. 나는 상상의 벌판에서 나뭇잎 스치는 바람소리를 들으며 눈을 감았다.

"그 무엇도 널 향한 내 사랑을 바꾸지 못할 거예요."

쇼팽보다 글렌 메데이로스가 더 좋았다. 그리고 일주일 뒤 치른 음악 시험은 망쳤다.

듣기에 예민한 리스너들은 품질이 우수한 오디오를 선호한다. 매우 비싼 가격도 가격이려니와 그 음향 시스템을 애지중지한다. 하지만 나는 헤드셋 하나만 있어도 된다. 처음 헤드셋을 썼을 때 서라운드로 들리던 그 음악의 시냇물을 잊을 수 없는데, 그 정도면 괜찮다. 설령 조금 잡음이 있더라도 들을 수 있다면 그 공간에서는 그 음악이 최고의 음악이다.

상가리에 사는 화가 형과 몇몇이 모여 몇 차례 음감회를 열었다. 자신이 갖고 온 시디를 재생하는 식이었다. 각자 추천한 음악을 함께 들으며 오석준의 노래처럼 "우리들이 함께 있는 밤"이 흘렀다. 우리가 살아 있다는 것은 음악을 들을 수 있다는 것과 같다. "어둠이 음악 사이로 흐르듯 다가오는 밤"에 귀는 검푸르게 젖는다.

이방인

늦깎이로 문예창작과에 들어갔다. 고향을 떠나 대전에 있는 학교에 입학했다. 처음에는 고시원에 들어갔다. 대전역 근처에 있는 고시원이었다. 기차를 못 보고 자란 터라 역과 가까워 좋았다. 당시 급하게 저렴한 월세로 들어갈 수 있는 곳은 고시원뿐이었다. 고시원은 창문이 있으면 가격이 더 비쌌기에 나는 창문이 없는 방을 선택했다.

말만 고시원이었을 뿐 고시 공부하는 사람은 많지 않았다. 임시로 대전에 일하러 온 듯한 직장인이 일부 있었고 정체를 알 수 없는 청년이나 중년의 사내들이 무표정한 얼굴로 고시원에서 지냈다. 그중에는 스님도 있었다. 탁발승은 아닌 것 같았다. 승복을 입고 다녔다. 가끔 러닝셔츠 바람으로 다니는 모습을 복도에서 목격했다. 옥상에서 종종 담배도 피웠다. 다 사연이 있겠지만 물어볼 수 없었다.

말을 할 수 있는 공간은 공동 식당뿐이었다. 냉장고에 넣어놓은 반찬통에는 방 호수나 이름을 써놓았다. 가끔 반찬 때문에 싸움이 나기도 했다. 김치가 떨어진 사람은 라면을 먹을 때 냉장고에 있는 다른 사람의 김치를 탐내곤 했다.

고시원에서의 생활은 박민규의 단편소설 「갑을고시원 체류기」에 잘 나타나 있다. 가장 크게 공감한 부분은 방귀였다. 고시원 생활 몇 개월만 하면 방귀를 소리 내지 않고 뀌는 내공을 터득하게 된다.

나는 자주 옥상에 올라갔다. 방에 창문이 없었기에 마음이 답답할 때 옥상을 찾았다. 밤에 옥상에 올라가도 도시여서인지 별은 잘 보이지 않았다. 대신 야경이 펼쳐졌다. 고향 밤바다에서 바라보던 밤배 풍경이 떠올랐다. 고시원이 있는 건물이 섬 같았다. 멀리 불빛들이 밤배 불빛 같았다. 섬을 떠나왔지만 여전히 섬에 머물고 있는 것 같았다.

고시원에 머물 때 빌리 조엘의 〈더 스트레인저(The Stranger)〉를 자주 들었다. 그곳에서 나는 이방인이었다. 은행동 거리에 나가면 나는 영락없는 이방인이었다. 길도 잘 모르고 모두 낯설었다.

많은 사람 사이에 멍하니 있으니 이른바 "도를 아십니까"라고 묻는 사람들과 자주 마주쳤다. 그들은 주로 젊은 남녀가 함께 다녔다. 대부분 나의 관상에 대해 말하는 것으로 말을 걸었다. "얼굴에 근심이 가득하군요", "맑은 눈을 지니고 계세요", "지금 어떤 어려움이 당신의 길을 막고 있네요" 따위의 말로 가던 길을 멈추게 했다. 나중에는 몇 미터 앞에서 걸어올 때부터 그런 부류의 사람이라는 감이 와서 시선을 피해 걷기도 했다. 하지만 그날은 길을 묻는 것이라서 그런 사람들이라는 사실을 처음에는 몰랐다.

수수하게 옷을 입은 남녀가 온화한 얼굴로 길을 물었다. 위치를 잘 모르는 나는 모른다고 대답하면 될 것을 꼴에 아는 체하며 대충 설명했다. 하지만 그것은 잘못된 설명이었다. 원래 길을 물어보려는 것이 아니었기에 엉뚱한 대답을 들은 남녀는 속으로 갸우뚱했을 것이다. 그들은 재차 물었다.

"직장인이세요?"

그제야 걸렸다는 것을 알았다. 일단 조상에게 제를 지내야 한다는 말에만 넘어가지 않으면 되었기에 나는 순순히 대답했다.

"대학생입니다."

서른 살을 훌쩍 넘긴 나이에 대학생이라고 하니 남녀는 조금 놀란 표정이었다.

"아, 그러세요. 고향은 어디세요?"

"제주도입니다."

"네? 아, 그럼 성은 어떻게 되세요?"

"현입니다."

"네?"

제주도라는 것도 그렇고, 성이 현씨라는 것도 그렇고 흔하지 않은 대답에 남녀는 자꾸만 말문이 막히는 듯했다. 그리고 입술을 계속 삐죽거리던 여자가 나에게 쏘아붙였다.

"왜 거짓말만 하세요!"

"네? 무슨 거짓말을요?"

그들은 길도 제대로 알려주지 않고, 서른 살 넘어 보이는데 직업은 대학생이고, 고향은 제주도, 성이 현씨라는 말들이 다 자신들을 놀리기 위한 거짓말로 들렸던 모양이다. 나는 해명하려고 했지만 두 사람은 휙 돌아서서 다른 쪽으로 가버렸다. 물론 처음에 물었던 목적

지는 아닐 터였다.

나는 진실을 말했는데, 내가 그곳에 있는 것이 거짓말 같았다. 역시 이방인은 낯선 도시에서 지내기 쉽지 않다.

“커트라인”

내가 중학생이었을 때는 연합고사라는 고입선발고사를 치렀다. 이 제도는 지역별로 폐지 시기가 달랐는데, 내가 사는 제주에서는 2019년에야 폐지되었다. 나의 첫 열패감은 고등학교 입학시험에 응시하지 못하는 것으로 시작되었다. 시내 인문계 고등학교에 가려면 연합고사를 보아야 했는데, 석차순으로 잘라 시험을 볼 기회조차 주지 않았다. 커트라인에 있는 학생들은 '딸랑이'라 불렸다. 나는 딸랑이였다. 결국 나는 시외 인문계 고등학교로 가야 했다. 열여섯 살 어린 중학생이 느끼기에는 조금 버거운 패배감이었다.

버스로 1시간 거리의 고등학교에 다녔다. 중학교 졸업을 앞둔 설날에 만난 친척들은 하나같이 어느 고등학교로 가느냐고 물었고 나는 작은 목소리로 학교 이름을 말해야만 했다. 제주도에서 남자고등학교로는 J공립고등학교와 O사립고등학교가 라이벌이었기에 두 학교 출신이 아니면 직장생활하기 힘든 곳이 제주인 것은 지금도 여전하다.

고등학교 1학년 때 친한 친구는 환이었다. 나 같은 딸랑이였다. 버스를 타고 학교에 같이 다녔다. 유유상종인지, 동병상련인지 모르겠지만 서로 어울려 다녔다. 환은 수학을 잘했다. 하지만 그 좋은 머리를 도박에 썼다. 고등학생이 무슨 도박인가 하겠지만 그때 친구들은 홍콩 영화에 나오는 것처럼 멋있는 척 카드를 튕겼다. 트럼프, 짤짤이, 내기 당구 등 학교 안팎에서 도박판이 벌어졌다.

짤짤이(삼치기)는 홀짝을 맞추는 것도 있지만 대개 셋 중 하나를 맞추는 것을 했다. 일본말을 사용하여 이치, 니, 산 중에서 맞추는 게임을 많이 했다. 한 사람이 동전 여러 개를 양손에 쥐고 흔들 때 짤랑거리는 소리로 동전 수를 가늠한다. 그리고 한쪽 손으로 동전을 갈라 쥐면 상대편이 하나, 둘, 셋 중에서 한 가지는 짚고(무승부) 남은 두 가지를 한 가지에 감으로 돈을 건다. 만약에 맞추면 건 동전만큼 따먹고 맞추지 못하면 건 돈을 잃는다.

하루는 환이 돈을 많이 땄다며 중국집에 가서 짜장면을 산 적도 있었다. 노름하여 딴 돈으로 먹는 짜장면 맛은 묘했다.

환에게는 타짜의 기질이 보였다. 당구에 빠져 나를 데리고 당구장에 여러 번 갔다. 환의 말에 의하면 당구는 수학이다. 나는 수학을 못해서 그런지 당구에 빠지지 않았는데, 환은 자려고 누우면 천장이 당구대로 보인다고 했다. 환은 내기 역시 수학이라 확률을 제대로 이해하면 늘 딸 수 있다며 장담했지만 결국 거의 돈을 잃었다. 짜장면을 먹는 날은 흔하지 않았다.

환과 나는 일요일에 경마장에도 갔다. 아주 적은 돈이었지만 환은 배당금이 높은 말에 돈을 걸었다. 나도 환을 따라 걸었다. 경주를 시작하기 전에 가까이 가서 말을 볼 수 있었는데, 가장 힘없어 보이는 말을 골랐다. 가능성이 낮았지만 왠지 그 허약해 보이는 말에 마음이 갔다. 그런 말이 다크호스가 되어 가장 먼저 결승선을 통과하는 모습을 상상했다. 돈은 잃으면 그만이겠지만 걸 때는 큰돈이 되기를 바라는 마음이었다. 하지만 나약한 말은 늘 반전 없이 힘에 부쳐 달렸다. 우리가 원하는 바는 거의 이루어지지 않았다. 우리가 원하는 고등학교에 진학하지 못한 것처럼. 딸랑이 둘이서 동전 몇 개 딸랑거리며 경마장 버스 정류장에서 버스를 기다리며 그래도 좋다고 낄낄 웃었다.

마지막 경주가 시작되기 전에 우리는 서둘러 자리를 떴다. 마지막 경주까지 베팅을 하고 나가면 쏟아져나오는 틈바구니에 끼어 만원 버스를 타야 하는 경우도 있어 한 경기 전에 미리 빠져나오곤 했다. 경마를 마치고 돌아가는 사람들의 얼굴은 대부분 어두웠다. 1년에 한두 번 정도는 경마장 승부 조작에 대한 뉴스가 지역신문에 아이 손바닥만하게 실렸다.

요즘도 가끔 짜장면을 먹을 때 친구 환이 떠오른다. 환은 나이 마흔 무렵에 일찍 세상을 떠났다. 심장마비였다. 누구는 가족력을 말했고, 누구는 과로를 말했다. 정작 본인 인생의 운에 대해서는 어떤 경우의 수를 예상했는지 모르겠지만 환은 그래도 조금만 판돈이 커지면 과감히 자리에서 일어서는 인물이었다.

비슷한 시기에 군 복무를 하여 환과 나는 서로 편지를 주고받았는데, 환이 나에게 먼저 편지를 보냈다.

"내가 먼저 편지를 보낼게. 네가 답장을 보내면 나는 그 답장을 기다리며 시간을 보낼 거야."

생텍쥐페리의 소설 『어린 왕자』에 나올 법한 사막여우와 어린 왕자의 대화 같은 문장을 써서 편지를 보내던 환. 녀석은 박격포, 나는 기관총 주특기였다.

커트라인에 따라 합격과 불합격이 정해진다. 커트라인에 따라 운명이 바뀌기도 한다. 환과 나는 중학교 3학년 때 커트라인을 넘지 못했다. 이제 환은 운명을 달리했고 여전히 커트라인 아래에 머물고 있는 나는 가망 없는 마권 몇 장을 움켜쥐고 있다.

친구 환의 장례식에 다녀온 날 밤 나는 뒤늦게 환을 위한 시를 썼다. "첫아이 태어났다며 자정 무렵 어서 산부인과로 오라며 넌 시인이니까 우리 아이 이름 지어달라며 아니면 축시라도 써줘야 하는 거 아니냐며 술 가득 부으라며 우리 친구지이 흥얼흥얼거리며 밤바람이 제법 찬데 걸어갈 수 있다며 나도 이제 아빠가 됐다며 너도 빨리 결혼하라며 / 제대하고 고향에 와서 백수일 때 다니던 회사 거래처 공업사에 나를 취직시켜주며 집에만 있지 말고 일하면서 시 쓰라며 그리고 시 쓰려면 연애를 해야 하는 거 아니냐며 잘 봐둔 경리 아가씨가 있는데 시 쓴다 해도 뭐라 하지 않을 정도로 착하다며 넌 시를 쓰니까 고백을 시로 해보라며"(졸시 「성환(星渙)」 부분)

B급의 색깔

B급 영화는 B급 영화만의 색깔이 있다. 뭐라고 정확히 표현하기 어렵지만 잠깐만 봐도 B급 영화인 것을 알 수 있다. '필름을 왜 남기남'이라는 별명이 붙은 남기남 감독은 다작으로 유명한데, 평생 B급 영화만 찍으니 나름대로 필모그래피의 색깔이 보인다. B급 영화만을 좋아하는 마니아가 있을 정도로 B급 영화는 그 영화 특유의 세계를 형성하고 있다.

B급 정서를 잘 보여준 드라마로는 〈파랑새는 있다〉(KBS, 1997)가 있다. 등장인물들은 차력사, 창녀, 삼류 무명 가수 등 대개 사회 밑바닥 인생들이다. 그들은 꿈을 좇아 살면서 이야기를 펼친다. 그중 '병달'(이상인 분)은 지리산에서 수년간 기공을 수련한 인물이다. 무도를 닦은 기술로 산나물 채취, 돼지머리 운반 등의 일을 한다.

그런데 그의 꿈은 공중부양이다. 이처럼 B급 정서는 현실의 부귀영화보다는 이상의 세계를 꿈꾼다.

모두 다 꿈을 이룬다면 좋겠지만 현실은 그렇지 못하다. B급 인생으로 살아야 한다. 누구나 A급이 되고 싶을 것이다. 하지만 B급으로 살면 또 어떠랴. B급은 그만의 감성으로 소박하게 행복을 추구할 수 있다. B급 영화를 보면 그 영화에서만 보여주는 색깔의 감정을 빛나게 보여준다.

한국을 대표하는 임권택 감독의 영화 〈하류인생〉(2004)은 감독의 다른 영화에 비해 많이 알려지지 않았다. 그 영화는 일부러 예전 필름 느낌으로 촬영했다. 그래서 몇십 년 전 영화를 보는 듯하다. 〈장군의 아들〉(1990)의 후속작 정도로 생각할 수 있지만 사실 이 영화는 감독의 자전적 영화다. 암울한 시대를 배경으로 건달 출신으로 영화 제작 일을 하면서 겪는 우여곡절을 그렸다. 스포트라이트를 받는 감독이지만 그에게도 자신만의 B급 시절이 있는 것이다.

예전 야구팀 중에는 삼미 슈퍼스타즈가 있었다. 그 팀은 만년 꼴찌의 대명사였다. 어린 마음에 나는 강팀 OB 베어스(두산 베어스)의 팬을 자처했는데, 한편으로는 자꾸만 삼미 슈터스타즈가 마음에 걸렸다. 대패하는 모습을 보며 괜스레 눈길이 갔다.

나는 OB 베어스 팬클럽에 가입했다. 학교에 가면 삼성 라이온즈나 OB 베어스 유니폼 점퍼를 입은 아이들이 많았지만 삼미 슈퍼스타즈 옷을 입은 아이는 본 적이 없었다. 나도 강팀처럼 강해지고 싶었다.

"내리는 비를, / 혼자 바라보고 있었다"는 이장욱의 시 「삼미 슈퍼스타즈 구장에서」는 패배가 곧 쓸쓸함이라고 보여준다. 늘 승리하는 것만 꿈꾸었는데, 삶을 살아보니 좌절의 연속이어서 "이상한 삶이라고 / 생각했던 것 같다"고 말하고 있는 것일까.

영화 〈슈퍼스타 감사용〉(김종현 감독, 2004)은 직장인 출신 야구선수 감사용을 통해 그래도 희망이 있다고 말한다. 그래도 희망이 있다는 말이 아니면 우리는 어떻게 이 리그에서 살아남을 수 있겠는가.

우리는 스포츠 경기를 볼 때 마음 한편으로는 약체를 응원하게 된다. 약한 팀이 강한 팀을 이겼을 때 마치 내가 이긴 것만 같아 울 것 같은 마음이 들곤 한다. 우리에게는 측은지심이 있다. 패배를 겪어본 우리는 패배자의 어깨를 다독여줄 수 있는 마음이 있다. 우리에게는 동병상련이 있다.

요즘 인터넷 용어 중 '병맛'이라는 말이 있다. 비속어로 들릴 수도 있는데, 엉뚱하지만 재미를 줄 때도 쓰이는 말이다. 이 말에는 풍자가 녹아 있다. '웃픈'이라는 말처럼 부조리한 현실에 대해 비판하면서 비현실적인 개그를 해야 웃을 수밖에 없는 상황을 자조한다.

B급은 나쁜 것이 아니다. B급에도 예술이 있고 삶이 있다. 그렇다고 해서 짝퉁이 되지는 말자. 예술은 모방이라고 아리스토텔레스가 말한 것을 잘못 이해하는 사람들이 많다. 그것은 진품을 모방하는 것이 아니라 자연이나 정서를 모방하는 것이 예술이라는 말이다. 한계를 인정할 수 있어서 인간이다. 그럴 때 나의 세계를 만들 수 있다.

시 문학회를 하다보면 동호회처럼 문학회에 가입했다가 탈퇴하는 경우가 많다. 그들 중 몇몇은 정말 시를 잘 쓰는데, 일류가 되지 못할 바에는 시를 쓰지 않겠다고 한다. 모든 예술가에는 전기, 중기, 후기가 있다. 그런데 바로 예술을 완성하려고 한다. 그러나 완숙기를 갖지 못하면 또 어떤가. 현재의 내 상황을 즐길 수 있으면 그것이 행복 아닌가. 나는 시를 쓰면서 이 부분을 여전히 고민중이다.

K는 시를 제법 잘 쓰는 청년이었다. 메이저 문예지나 중앙일간지 신춘문예에 여러 번 투고했으나 매번 낙선의 고배를 마셨다. 두 번은 최종심까지 올랐지만 오히려 그것이 독이었다. 조금만 더하면 메이저로 등단할 수 있으리라는 환각.

이런 환상을 좇게 만드는 것은 우리나라의 병폐인 학연·지연에 의해 움직이는 시스템의 영향이 크다. A급 문예지로 등단해야 시집도 A급 출판사에서 낼 수 있는 것이 현실이다. 하지만 예술은 각자 주관적으로 평가하는 것이므로 어떻게 등급을 정할 수 있는가. 스스로 만족하면서 꾸준히 시를 쓰다보면 언젠가 알아주는 것이 시인의 시세계일 터다. 설령 알아주지 못할 수도 있다. 하지만 그런들 어떠랴. 공명심에 사로잡혀 시를 쓰지는 않을 것이다. 시를 읽으며 위안을 얻고, 또 시를 쓰는 즐거움이 있다면 그것이 시를 쓰는 원천이 될 수 있다.

몇 해 전 어느 날 밤이었다. K가 문학회에서 탈퇴하고 1년 정도 지났을 무렵 술에 취해 전화를 걸어왔다. "형, 요즘 시 써요?"를 시작으로 그는 넋두리를 늘어놓았다. 나는 "지금이라도 눈높이를 좀 낮추어 등단해서……"라고 말하려다 그만두었다. 그것을 만족하지 못한다면 굳이 그럴 필요도 없었기 때문이다. 그뒤로 그에게서는 전화가 오지 않는다.

원하지 않는다면 그것이 K의 옳은 결정일 것이다. 시인이 안 되면 또 어떤가. K는 매우 가정적이다. 식구를 위해서라면 시 같은 것은 쓰지 않아도 된다.

한돌의 노래 중에는 〈꼴찌를 위하여〉가 있다. "보고픈 책들을 실컷 보고 밤하늘에 별님도 보고 이 산 저 들판 거닐면서 내 꿈도 지키고 싶다"라는 노랫말처럼 꼴찌라서 할 수 있는 특권도 있는 법이다. B급이면 B급만이 누릴 수 있는 색깔의 행복이 분명히 있으니 아닌 척하지 말고 나랑 같이 찾자.

“
음악을 하는 형님
”

처음 그를 보았을 때 그는 호텔 경비 일을 하고 있었다. 급여가 적긴 했어도 팀장 정도의 위치에 있으면서 지인들이 경비로 취직하는 것을 도울 만큼 인사권을 쥐고 있었다. 레스토랑이 있는 오성급 관광호텔이라서 식사가 잘 나왔다. 어떤 이는 비번인데도 호텔에 가서 밥을 먹고 왔다. 나는 그 호텔 경비실에 찾아갔다가 호텔 짬뽕을 얻어먹기도 했다. 직원 할인을 받았다.

하지만 호시절도 잠시, 호텔이 필리핀 기업으로 넘어가면서 그는 실직했다. 그 외국 기업은 필리핀 조폭이 운영한다는 말도 있었으나 정확하지는 않다. 그를 비롯하여 그 덕분에 취직한 사람들 중에는 시인과 소설가도 있었는데, 모두 한날한시에 잘렸다. 아마도 더는 짬뽕 맛을 못 본다는 점 또한 큰 아쉬움이었을 것이다.

그는 손재주가 좋았다. 목수 일을 했는데, 마음만 먹으면 혼자 집을 지을 정도였다. 나무를 깎아 반지를 만들어 주위에 나누어주기도 했다. 그는 기타를 잘 쳤다. 카톡 프로필 사진도 기타 치는 모습으로 해놓을 정도로 그의 바탕은 음악이다. 그래서 나는 그를 '음악을 하는 형님'이라 불렀다. 나보다 아홉 살 정도 많아 형보다는 형님이라 불렀다. 내 휴대전화에도 그렇게 저장해두었다.

용담에 살 때 몇 번 만나 술을 마신 적이 있다. 그는 음악 이야기를 할 때만 목소리가 높아졌다.

"그들의 음악은 표절투성이야. 알 만한 사람은 다 아는데, 아무도 지적하지 않아."

내가 좋아하는 뮤지션에 대해 말하면 그는 시기가 아니라 진지하게 그 뮤지션의 허위에 대해 꽤 논리적으로 설명했다. 나는 그때는 수긍할 수 없었는데, 지금 와서 생각하면 거의 다 맞는 말이었다.

더 자주 만나 음악 이야기를 듣고 싶었는데, 그러지 못했다. 그가 운영하던 스튜디오에도 한두 번만 갔다.

그는 밴드를 결성한 적도 없이 혼자 기타를 쳤다. 작곡을 하거나 노래를 해서 음반을 낸 적도 없었다. 지하실에 마련한 스튜디오에서 레슨을 몇 번 한 것 빼고는 음악 관련 소득이 없었다.

며칠 전 그의 부고를 들었다. 지하 스튜디오에서 심근경색으로 숨을 거두었다고 한다. 숨진 지 이틀이 지나 발견되었다. 그는 생애 마지막 날에도 기타를 쳤을까. 끝내 음악가가 되지는 못했으나 그의 스튜디오의 음향 장비는 최고급이었다.

기타를 친다고 해서 모두 기타리스트나 가수가 되는 것은 아니다. '언니네 이발관'의 이석원은 〈가장 보통의 존재〉를 노래했다. 그 노래는 자신이 특별한 존재가 아님을 인식하고 만든 노래라고 한다. 하지만 보통의 재능과 운명을 타고난 사람들은 어떻게 살아야 하는지는 그 누구도 일러주지 않았다.

음악을 하는 형님은 노래를 만드는 대신 반지를 만들었다. 자투리 나무토막을 자르고 다듬었다. 그 과정을 음악으로 만든다면 우주적인 음악이겠다. 뭉툭한 나무가 사람 손가락에 들어가는 나무 반지가 되는 과정은 별의 탄생과도 같다. 토성의 고리 같은 그 반지가 나에게 있다. 그 나무 반지가 음악을 하는 형님에게는 음악이었을까. 그의 이름은 안제웅(1964~2022)이다.

“ 기술이라도 배워야 한다는 말 ”

내가 다시 스무 살로 돌아간다면 폴리텍대학에 가서 기술을 배우고 싶다. 그래서 지금 나이가 들었어도 가끔 폴리텍대학 신입생 모집 현수막을 보면 이제라도 하는 생각이 들곤 한다. 하지만 워낙 손재주가 없어서 고민하다가 포기한다.

어렸을 때 어른들은 늘 말했다. 기술을 배워야 한다고. 이 지난한 삶을 버티기 위해 기술이 있어야 한다고 어른들은 인생 선배로서 충고를 한 것이리라. 기술이라도 배워야 한다는 말. 이 말은 가난의 대물림을 극복할 방법으로 거의 유일했던 기술에 기대를 걸며 한 것이리라. 여전히 가난하게 사는 자신의 처지에서 우러나온 안타까운 마음에서 나온 말이리라. 부모가 부자이거나 정말 공부를 잘해서 서울대에 가는 것이 아니라면 기름밥을 먹어야 하는 것이다.

나에게는 이렇다 할 기술이 없다. 운전도 못하고 컴퓨터도 잘 다루지 못한다. 그래도 음악을 듣거나 영화를 보는 것만큼은 자신있다. 그런 건 가만히 있어도 가능하니까.

누군가 이런 말을 한 적이 있다. 출근해서 종일 음악만 듣다가 퇴근하면 급여를 주는 일이 있다면 좋겠다고. 물론 경쟁률이 높겠지. 나도 지원할 것이다. 나중에 음악을 듣다가 졸면 상사가 질책하겠지. 더 집중해서 들으라고. 나의 실적은 재즈부터 데스메탈까지 다양할 것이다. 어쩌면 초고속 승진을 할지도 몰라.

나는 쇠 알레르기가 있다. 어렸을 때 아버지가 멍키스패너를 갖고 오라고 시키셨다. 나는 펜치를 들고 갔다. 다시 공구함에서 뒤적거리다 멍키스패너를 처음 들었을 때 심장이 벌렁거렸다. 땀이 나고 손이 떨렸다. 거의 울상이 되었다. 이런 나를 보고 아버지는 못 하나 박지 못하게 하셨다. 그랬더니 형광등 가는 일도 서른 살 넘어서야 할 수 있었다.

수납장을 인터넷으로 구입하고 조립하느라 종일 낑낑댄다. 어떤 설명서는 아무리 들여다보아도 이해되지 않는다. 보일러가 고장났을 때 물만 보충하면 되었는데, 그냥 냉방으로 겨울을 보낸 적도 있다. 나는 도구를 활용할 줄 몰라 손발이 고생한다. 비바람이 많이 부는 날에는 꼭 우산이 뒤집힌다. 바람의 방향과 우산의 적절한 각도를 나는 계산하지 못한다.

나는 여전히 엑셀을 잘 다루지 못한다. 엑셀로 하면 10분이면 충분히 가능한 일을 몇 시간 동안 일일이 대입하며 계산하다가 틀린다. 엑셀에는 시트 1과 시트 2가 있는 것도 모른 채 파일 하나가 안 왔다며 이메일 답장을 보낸 적도 있다. 나중에 알고 보니 그것은 엑셀의 완전 기초였다.

시 쓰기가 기술이라면 유일한 기술일까. 하지만 시 역시 초보 수준이다. 아직 한참 멀었다. 시가 밥이 되기 어려운 것을 보면 시 쓰기를 기술이라 할 수 없겠다.

그러고 보면 잘하는 것이 하나 있다. 바로 딱지 날리기다. 딱지를 갖고 할 수 있는 겨루기 중에서 한때 정식 종목으로 인정받는 시절도 있었으나 지금은 거의 하지 않는 비인기 종목 중에 희귀 종목이다. 딱지를 한 손에 쥔 채 다른 쪽 새끼손가락으로 튕긴다. 이때 적절한 힘과 함께 딱지를 쥐었던 손가락을 놓음과 동시에 손가락으로 튕기는 기술이 필요하다. 운동장을 가로질러 멀리까지 딱지를 날릴 수도 있는데, 지금은 지면이라 보여줄 수 없는 점이 안타깝다. 비공식 기록으로는 별도봉에서 날린 딱지가 원당봉까지 날아간 적이 있다.

나에게 쇠 알레르기가 있다는 말을 아내에게 한 적 있다. 하루는 숟가락으로 밥을 먹고 있었는데, 갑자기 아내가 눈을 희번덕거리며 말했다.

"쇠 알레르기 있다면서 숟가락은 잘도 드네."

순간 나는 숟가락을 밥상 위에 떨어뜨릴 뻔했다.

아주 옛날에는 짐승의 뼈를 숟가락으로 썼다고 한다. 하긴 뼈로 피리도 불었다. 나에게는 쇠 알레르기가 있어도 그것을 극복하고 밥을 먹을 수 있는 기술이 있다.

“

따뜻한 B급

”

백석의 시 「모닥불」에서 불타는 것들은 모두 무용지물로 여기는 것들이다. “헌신짝, 소똥, 짚검불, 가랑잎, 머리카락, 헝겊 조각” 등 우리가 하찮게 여기는 것들이다. 하지만 그런 것들로 모닥불의 불을 유지한다. 주위를 따뜻하게 만든다. 모닥불이 불꽃을 내고 있기에 여러 동물과 사람들이 둘러앉아 불을 쬔다. 불을 쬐는 것들은 모두 평등하다. 누구든 차별 없이 온기를 나눈다.

황석영의 단편소설 「삼포 가는 길」에 등장하는 인물 노영달, 정씨, 백화는 급속한 산업화 시기에 도시로 나왔다가 다시 고향으로 돌아갈 수 없는 처지의 인물들이다. 노영달과 정씨는 건설노동자로 장돌뱅이처럼 전국의 공사장을 돌아다닌다. 백화는 술집을 전전하며 살아간다. “영달은 어디로 갈 것인가 궁리해보면서 잠깐 서 있었다"라는 소설의 첫 문장은 엉거주춤한 자세로 살아야 하는 인물들의 모습을 한 문장으로 보여준다.

백석과 황석영의 공통점이라면 둘 다 방랑자의 시기가 있었다는 점이다. 백석은 북관에서 고향의 아무개씨와 막역지간이라는 의원의 따스하고 부드러운 손길을 느낀다. 황석영은 베트남전쟁에 파병되었고 북한에도 다녀왔다. 산전수전을 겪으면서 소설을 계속 썼다. 낯선 곳에서 낯익은 감정을 느낄 수 있을 때는 인정(人情)을 느낄 때일 것이다.

"못난 놈들은 서로 얼굴만 봐도 흥겹다"라는 문장으로 시작하는 신경림의 시 「파장」은 B급 정서를 보여준다. 신경림은 전국을 떠돌고서 기행시집 『길』을 펴냈다. 또 신경림의 시 중 「가난한 사랑 노래」에서는 "가난하다고 해서 사랑을 모르겠는가"라고 말한다. 당연히 B급 삶에도 사랑이 있다.

농산물 중 못난 것은 파치라 불리며 비상품으로 분류된다. 조수리 마을 사람들은 비상품 농산물을 모아 팔아서 수익금을 지역 아이들에게 장학금으로 지급했다. 파치가 아이들에게 가서 따뜻한 마음이 되었다. 작년에는 아이들과 함께 '조수리 아이들' 그림 전시회도 열었다.

서민들의 가벼운 호주머니 사정을 헤아려 저렴한 값으로 운영하는 식당을 흔히 착한가게라 부른다. 착하다는 것은 따뜻한 마음을 지녔다는 의미다. 제주시 보성시장에는 순대국밥 식당들이 몰려 있다. 그중 내가 좋아하는 현경식당의 순대국밥은 가격이 6,000원이다. 찾아오는 손님들을 생각해 가격을 올리지 못하는 것 같다. 현기영 소설가도 비행기에서 내리면 가끔 고향의 맛이 그리워 이 식당을 찾는다고 한다.

『여기에선 네 안에 따뜻한 바람이 불 거야』(위즈덤하우스, 2021)를 낸 일러스트레이터 클로이는 제주도로 이주해 그림을 그린다(제주도로 이주한 사람들은 B의 삶을 선택한 사람들이다). 그를 몇 번 만났는데, 그는 그의 그림처럼 늘 따뜻한 목소리로 말한다. 제주도 삶에서 따뜻한 바람이 불기를 희망하는 마음을 그림으로 보여준다. 클로이의 그림은 따뜻하다. B급은 따뜻하다. B급 정서는 잘나지 못한 대상을 안아주는 마음일 것이다.

“

헤비메탈 버스를 타라

”

중학교 때 공부를 못해서 집에서 먼 고등학교에 다녔다. 집에서 10분 거리에 있는 고등학교에 가지 못하고 1시간 거리에 있는 학교까지 가야 하는 열패감에 우울하던 시절이었다.

학교에 가려면 시외버스를 타고 가야 했다. 당시 시외버스에서는 기사 아저씨들이 경음악을 틀었다. 말이 경음악이지 트로트 반주 음악이었다. 가뜩이나 버스 멀미를 하는 나는 그 음악 때문에 속이 더 울렁거렸다.

학교 가는 버스에서도 규칙이 있었다. 1학년은 앞좌석, 3학년은 뒷좌석에 앉았다. 그때는 버스에서 담배를 피우는 아저씨도 있었는데, 고등학생 몇 명은 뒷좌석에 앉아 담배를 피우기도 했다. 지금 생각하면 정말 호랑이 담배 피우던 시절 이야기다.

그때 나에게 가장 소중한 보물은 마이마이였다. 이건 또 무슨 호랑이 담배 피던 시절 이야기냐고 생각하겠지만 카세트테이프로 음악을 들을 수 있는 장치였기에 소중하게 들고 다녔다. 마이마이에 리시버를 꽂고 음악을 들으면 다른 세계가 펼쳐졌다.

그 무렵 나는 헤비메탈에 빠져 있었다. 고등학생 때 친구들은 헬로윈을 좋아하는 녀석들과 본 조비를 좋아하는 녀석들로 나뉘었다. 나는 헬로윈도, 본 조비도 아닌 신데렐라였다. 신데렐라는 글램메탈 밴드인데, 내가 이 밴드를 좋아했을 때는 이미 하락세를 걷던 시기였다. 그들의 블루스 느낌은 힘을 뺀 듯하면서도 가끔씩 끌어모아 토하듯 에너지를 발산했는데, 나는 왠지 그런 음악이 좋았다.

메탈리카가 록의 무림을 평정하기 전까지 나는 한국 메탈에도 기웃거렸다. 《프라이데이 애프터눈(Friday Afternoon)》 컴필레이션 음반을 사 모았고 책가방에 교과서는 없어도 핫뮤직은 늘 있었다.

그날 마이마이에는 《프로젝트 록 인 코리아(Project Rock in Korea)》 카세트테이프가 들어 있었다. 학교 가는 버스 창가에 앉아 록의 세계로 들어가려고 하는데, 리시

버를 집에 두고 온 것이 아닌가. 시외버스에서는 트로트 경음악이 울리고 있었다. 1시간 동안 음악 고문을 당해야 하는 것이다.

몇 정류장을 지날 때 즈음 나는 용기를 내 버스 기사 아저씨에게 다가갔다. 손에는 《프로젝트 록 인 코리아》 카세트테이프를 들고. 고3 선배들이 기사 아저씨에게 노래를 틀어달라며 카세트테이프를 건네는 것을 몇 번 보았다. 1학년이었던 나는 기사 아저씨가 거절하는 것보다 3학년 선배들의 시선이 더 두려웠는데, 다행히 3학년 선배들은 뒷좌석에 앉아 잠들어 있었다.

"아저씨, 이 노래 틀어주실 수 있나요?"

나는 떨리는 목소리로 기사 아저씨에게 카세트테이프를 내밀었다. 운전하던 기사 아저씨는 나를 힐끔 쳐다보더니 아무렇지도 않게 카세트테이프를 받아 옆에 내려놓았다. 게다가 손가락으로 오케이 표시를 했다. 나는 뒷걸음질하며 자리에 앉았다.

고개를 내밀어 운전석 쪽을 보니 기사 아저씨는 능숙한 디제이처럼 한 손으로 카세트테이프를 바꾸었다. 그다음 이어질 세계는 예상하지 못한 채.

시나위, 외인부대, 아시아나 등에서 활동했던 임재

범의 목소리로 〈록 인 코리아〉가 울려퍼졌다. 차창이 우퍼 스피커처럼 방방거렸다. 임재범의 샤우팅 목소리와 김도균의 기타소리가 버스를 가득 채웠다. 뒷좌석에서 자던 3학년 형들이 깜짝 놀라 깼다. 버스는 어느새 스쿨 오브 록이 되었다.

학교 앞 정류장에서 내릴 때 버스 기사 아저씨가 나에게 카세트테이프를 내밀며 말했다.

"나도 헤비메탈 좋아한다."

선글라스를 쓴 기사 아저씨가 순간 로커처럼 보였다.

헤비메탈을 좋아하는 사람들은 헤비메탈을 좋아한다고 당당히 이야기하는 경우가 드물다. 헤비메탈은 대중적이지 않기 때문이다. 그래서 그 버스 기사 아저씨도 경음악을 틀며 노선을 돌고 있었는지도 모른다. 그러고 보니 경음악을 심취해 들으면 메탈리카의 〈오리온(Orion)〉으로 들리겠다.

조각칼로 헤비메탈 밴드 로고를 책상에 파던 친구가 있었는데, 그 친구는 훗날 소방관이 되었다. 그 친구는 파이어 하우스를 좋아했는데, 〈오버나이트 센세이션(Overnight Sensation)〉을 빗자루를 들고 따라 부르기도 했다.

하지만 이 헤비메탈의 시간도 다 한때인 것 같다. 기세등등했던 메탈리카도 너바나와 라디오헤드를 앞세운 얼터너티브 록의 흐름에 맥을 못 추었다. 그리고 이제 나는 잭 블랙처럼 배 나온 아저씨가 되었다. 그때 그 버스 기사 아저씨보다 훨씬 나이 많은.

“ 13초소 다마고치 사건 ”

강원도 철원 휴전선에서 부사관으로 근무했다. 한번은 말년 휴가를 다녀온 병장이 나에게 선물을 주었다. 다마고치였다. 1990년대에 전국적으로 인기를 끌던 장난감이었기에 내 손에도 들어오게 된 것. 문제는 내가 그 다마고치에 너무 푹 빠져버린 것이다.

다마고치는 시계만한 작은 기계 안에서 가상의 애완동물을 키우는 육성 시뮬레이션 게임이다. 끼니를 챙겨주듯 물이나 음식을 주고 똥도 치워주어야 한다. 처음에는 알이었다가 사랑으로 보살펴주면 점점 단계를 거치면서 진화한다.

내가 있는 부대는 휴전선을 지키는 부대였는데, 중대 건물을 옮겨가며 부대 이동을 하는 시스템으로 운영되었다. 워낙 산간오지에 있는 군부대였기에 그렇게 해서라도 숨통을 틔우게 하기 위함이리라. 그중 13초소는 한 소대가 들어가게 되는데, 소대장만 잘 만나면 편하게 몇 개월을 지낼 수 있어 파라다이스로 불리는 곳이었다.

내가 13초소 부소초장으로 있을 때 다마고치가 내 손에 들어왔다. 13초소는 민간인출입통제선(민통선)에서 경계 근무를 서는 곳인데, 국도에 있는 초소 한 곳만 교대로 경계를 서면 되었다. 중위였던 소초장과 내가 교대로 초소 안에서 당직 근무를 섰다. 멀리 북한과 남한에서 방송하는 대북·대남 방송소리가 희미하게 들렸다.

다마고치의 애칭은 쪼꼬미였다. 나는 정말 반려동물이라도 된 양 쪼꼬미에게 점점 정이 들었다. 제때에 버튼을 눌러 밥을 주지 않으면 너무 미안했다.

그날도 초소에 앉아 다마고치에 집중하며 버튼을 눌러 물을 주며 애지중지 보살피는 중이었다. 밖에서는 가끔 초병들이 경례하는 소리가 들렸다. 군용 지프가 지날 때마다 소리를 지르는 것이었다. 그래서 그때도 경례하는 소리가 나도 지나가는 차에 대한 경례일 것이라 여기며 눈이 빠지게 쪼꼬미만 들여다보고 있었다. 그런데 누군가 뒤에 서 있는 듯한 인기척이 느껴졌다.

"뭐 하고 있는 건가?"

낯선 목소리였다. 순간 불길하면서 놀란 상태로 뒤를 돌아보았다. 사단장이었다. 견장에 있는 별 두 개가 반짝였다. 나는 뒤늦게 경례하며 관등성명을 댔지만 이미 늦었다. 근무태만이었다. 나중에 경계 근무를 섰던 상병의 말에 따르면 사단장이 초소 내외를 한참 동안 돌아다녔는데, 내가 상황도 모르고 다마고치만 들여다보고 있었다고 한다.

사단장은 허탈하게 웃었다. 다음 날 나는 완전군장을 하고 사단으로 압송될 것이라 생각하고 있었는데, 소초장이 전화를 받고 고개를 떨구었다. 병장들이 소초장을 채근하자 소초장이 입을 열었다.

"사단장님이 내일 부대 교체 명령을 내리셨다."

병장들은 그 자리에 털썩 주저앉았다. 한 일병은 거의 울려고 했다. 꿈의 파라다이스에 들어온 지 한 달도 채 안 되었는데, 부대 교체라니. 통상 6개월은 지낼 수 있는데, 기강이 해이해졌다는 까닭으로 소대원이 한꺼번에 좌천된 것이었다. 나는 너무 미안한 마음에 얼굴을 들 수 없었다.

사단장에게 완전히 찍힌 나는 그후 연대 군수과에 갔다가 사단장과 마주쳤다. 내가 경례를 하자 사단장이 웃으며 말했다.

"아직도 그 다마고치인가 뭔가를 하나?"

내 호주머니 속에는 여전히 다마고치가 잠들어 있었다.

"아, 아닙니다. 이제는 하지 않습니다."

쪼꼬미에게는 미안했지만 어쩔 수 없었다.

이 다마고치의 유행은 대단했다. 처음에는 정서 함양에 좋은 게임이라고 소개하던 신문들은 이 게임을 하다가 교통사고가 나기도 해서 지나친 유행을 경계하기 시작했다. 생명을 경시하게 된다고 경고하는 기사를 보았던 기억이 난다.

나의 다마고치도 결국 숨을 거두었다. 수은 전지를 교체해야 했는데, 휴전선에서 그 전지를 구하지 못해 다마고치는 남극으로 떠난 뒤 영영 돌아오지 못했다. 나는 전원이 나간 다마고치를 멍하니 바라보았다. 유격 훈련을 며칠 앞둔 밤이었다. 은하수도 잠이 든 깊은 밤이었다. 이듬해 강릉 무장공비 사건이 발생했다.

"

까대기로 운신했던 날들

"

택배 상하차 일을 1년 6개월 정도 했다. 일명 까대기라 부르는 일이다. 저녁 8시에 출근해서 밤새 택배 상자들을 분류하고 새벽 5시에 퇴근했다. 군대에서 야간 근무를 자주 했기에 밤일에 대한 부담은 크지 않았다. 휴전선에서 군대생활을 했는데, 이틀에 한 번은 경계초소에서 밤을 지새웠다. 제대했지만 비슷한 사이클로 살았다. 다른 점이라면 군에서는 멍하니 북쪽 하늘을 바라보면 되지만 택배 물류창고에서는 멍하니 있다가는 택배 상자에 손이 깔릴 수 있다.

사람들은 세상 모든 것을 택배로 보내기 때문에 컨베이어 벨트 위에서 다가오는 물건들은 마치 다가올 시간처럼 난감했다. 다양한 크기의 상자들, 쌀, 자전거, 무엇이 들어 있는지 모르는 생물, 파라솔, 의자, 블

라인드 등이 밀려왔다.

20대였다. 시인을 꿈꾸었지만 시를 쓰지는 않았다. 시도 쓰지 않으면서 막연히 동경했다. 도서관에서 시집을 빌려 읽다가 오랫동안 반납하지 않았다. 마음에 드는 시집이 있으면 몇 달간 읽었다. 그러면 연체자가 되어 몇 달간 시집을 빌리지 못했다. 악순환이었다. 택배 물건들을 정리하면 또 엄청난 양이 밀려왔다. 악순환이나 마찬가지였다.

자정 무렵에 야식을 먹는다. 한 손에 하얀 접시를 든 채 줄을 선 청년들은 모두 밤의 표정으로 서 있다. 좀비처럼 어기적거리며 식판을 들고 식탁 앞에 앉는다. 통성명은 하지만 일당치기여서 서로 깊은 이야기는 하지 않는다. 친해지는 경우도 있지만 어느 날 갑자기 영영 나오지 않아도 걱정하지 않는다. 그리고 며칠 가지 않아 그를 잊어버린다. 작업 현황판에도 나 같은 알바들은 이름이 아닌 숫자로 표시되어 있다.

내가 하는 까대기는 막노동 중에서도 잡부가 하는 일이다. 트럭에서 물건을 내리면 각 지역별로 분류한 뒤 다시 각 지역을 맡은 트럭에 상자들을 싣는다. 짐칸에 물건을 테트리스처럼 쌓으면 트럭이 출발한다.

깨진 유리창을 테이프로 붙인 사무실에는 경리가 있었다. 단발머리에 선하게 생겼지만 험한 사내들을 상대해서인지 제법 강단이 있었다. 소장의 조카라는 말이 있었지만 확실하지 않았다. 컴퓨터 불빛에 그녀의 얼굴이 보얗게 빛났다. 얼굴에도 광택이 날 수 있다는 것을 처음 알았다.

겨울에는 물류창고 밖 한쪽 구석 드럼통에 불을 지폈다. 그렇게 청춘을 불태웠다. 담배를 피우며 고작 나누는 이야기는 일당이나 유행하는 게임에 대한 것이었다. 가끔 취업이나 복학에 대해 이야기하는 사람들도 있었다. 오래 붙어 있는 사람들의 말을 들어보면 공무원 시험을 준비하다 온 사람도 있었고, 등록금을 모으기 위해 온 사람도 있었으며, 밤에 잠이 오지 않아 왔다는 사람도 있었다.

한번은 쉬는 날에 혼자 영화를 보러 극장에 갔다. 단발머리 경리가 팝콘을 든 채 서 있는 것이 아닌가. 혼자 영화를 보러 온 건가, 말을 붙이려 다가가다가 걸음을 멈추었다. 그녀 옆으로 다가오는 남자가 있었기 때문이다. 물류창고 소장이었다. 영화 티켓을 들고 서 있는 소장은 평소와 다르게 젊어 보였다. 나이가 많아 보여 깍

듯이 대했는데 말이다.

그날 극장에서 두 사람을 본 이야기는 아무에게도 하지 않았다. 자꾸 생각났지만 여름이 다 가기 전에 경리가 바뀌었다. 새로 온 경리도 단발머리였지만 얼굴에서 광택이 나지는 않았다. 낮에 눈을 붙여야 밤에 일하는데, 잠이 오지 않을 때는 그녀를 생각했다.

쉬는 시간에 그녀가 나에게 박카스를 내밀며 제주도 사람은 처음 본다고 말한 적이 있었다. 제주도에는 아직 가보지 못했다며 웃던 그녀. 그녀가 웃어주면 스르륵 잠이 들곤 했다. 지금은 얼굴도, 이름도 기억나지 않지만.

“문학소년은 늙지 않는다*”

고등학교 1학년 때 문학부에 가입했다. 문학부 이름은 ‘창(窓)’. 누가 지은 이름인지 참 근사하지 않은가. 수요일마다 한 교실에 모였다. 그곳에는 수업 시간과는 다른 공기가 흘렀다. 가끔 졸업생이 오기도 했다. 한 선배는 영화 〈죽은 시인의 사회〉를 권했고 어떤 선배는 변진섭의 노래 〈너에게로 또다시〉를 불렀다.

농협 강당 같은 곳에서 시화전을 열었다. 하이라이트는 문학의 밤이었다. 각자 창작시를 낭독했다. 나는 이병우의 기타 연주곡 〈머플리와 나는 하루종일 바닷가에서〉를 BGM으로 사용했다. 읽었던 시는 기억나지 않고 그 음악만 그뒤로도 가끔 듣기에 기억에 오래 남았다. 그

* 현기영의 산문집 『소설가는 늙지 않는다』(다산책방, 2016) 제목을 변용했다.

리고 그때 창밖에 드리워진 땅거미를 기억한다.

누군가를 좋아하기도 했다. 그 애가 선배랑 다정한 모습을 보고 애꿎은 깡통만 발로 찼다. 워낙 숫기가 없어 말도 제대로 못 했다. 그리고 문학부도 오래 하지 못하고 그만두었다. 짧은 시간이었지만 너와 나의 계절이 있었다.

강정천으로 소풍도 갔다. 그곳에서 다이빙도 하고 김밥도 먹었다. 은어 몇 마리가 발목을 스치며 지나갔다. 아마 이른 여름이었을 것이다. 지금은 해군기지 펜스가 설치되어 있어 그 추억으로 들어가지 못한다.

그때 문학부를 지도했던 두 선생님 중 한 분은 지금은 교장 선생님이 되셨다. 첫 시집이 나와 우편으로 보내드리니 전화를 걸어오셨다. 당신도 시를 쓰고 싶었으나 쓰지 못했다며, 시를 쓰는 내가 대견하다고 말하셨다. 그렇게 우리의 문학이 지나갔다.

또다른 한 분의 선생님은 정인수 시인이다. 몇 해 전에 작고하셨다. 지금은 없어진 제주서림에 가서 선생님의 시집 『삼다도』를 산 적 있다. 당시 유행하는 시와는 다른 절제와 격조가 있었다. 특히 시 「원당봉 통신」이 마음에 들었다. 원당봉과 비슷한 별도봉에서 떠나는 카페리를 보며 상념에 젖던 나였으니 공감이 되었다. 제주 바다 근처에 있는 봉우리는 봉수대가 있던 곳인데, 그것은 편지처럼 어떤 통신수단이 되어 표현하는 이미지가 나에게는 시의 전형으로 남았다.

영화 〈변산〉(이준익 감독, 2018)에서 시를 쓰던 문학소년은 래퍼가 된다. 문학소년들이 모두 래퍼가 되었을 것이라고 생각하면 시가 덜 외로울까. 래퍼라고 해서 모두 스타가 될 수는 없고, 무명 래퍼나 무명 시인이나 비슷한 처지일 테지만.

김승옥의 소설 「무진기행」에서 안개가 특산물이 되듯 이 영화에서는 노을이 고장의 거의 유일한 자랑이다. 우리는 무언가 어떤 아름다움에 경도되어 평생 그것을 그리워한다. 그것이 음악이나 사물이면 그나마 다행이지만 사람이라면 세월 보내기 좋은 대상이다. 이 세월이 "함부로 쏜 화살"(정지용, 「향수」)처럼 날아가기 때문에 누군가를 그리워하면 그 대상에 대한 마니아가 되어 헤어나지 못한다.

"내 고향은 폐항. / 내 고향은 가난해서 / 보여줄 건 노을밖에 없네." 영화 속에서 문학을 꿈꾸던 고등학생의 시 일부다. 교생 선생님이 이 학생의 시를 훔쳐 신춘문예에 당선된다. 우리는 고향의 풍경을 훔쳐 살아가고 있는 것이 아닐까. 원풍경은 평생 살아가게 하는 그리움의 미학이 된다.

나는 감귤창고에 딸린 방에서 태어났다. 귤꽃, 푸른 귤, 노란 귤, 귤나무에 내린 눈을 보며 유년 시절을 보냈다. 고향인 화북 부록마을 가운데로 아스팔트가 났지만 지금은 사라진 그 집과 감귤밭을 기억한다. 내가 문학을 꿈꾸게 된 원천은 귤밭의 사계라고 나는 믿는다.

이준익 감독의 전작 〈동주〉에서 윤동주가 1940년대를 그렇게 살아갔다면, 2000년대에 이르러 〈변산〉에서 학수는 사회에 대한 반항 넘치는 래퍼로 살아가고 있는 것이 아닐까. 그러므로 학수는 우리 시대의 저항 시인인 셈이다. 그리고 소설가의 꿈을 이루기는 했지만 여전히 지역에 머물며 소설을 쓰는 선미는 이제 뮤즈가 된 첫사랑이 돌아오기를 기다린다. 그 문학소년이 쓴 시의 구절을 되뇌며.

9와 숫자들의 노래 〈문학소년〉에는 유약한 문학소년이 등장한다. "세상이 궁금해서 들춰본 책장 속엔 / 기대치 못한 슬픔과 / 고독만이 가득했었고" 노랫말처럼 많이 앓았다. 코스모스 사운드의 노래 〈문학의 이해〉나 박소은의 노래 〈너는 나의 문학〉은 마흔 살 넘은 문학소년의 노래가 되어 귓가에 맴돌았다. 문학소년은 늙지 않는다.

작은 도서관 사서

사서가 되려면 대학교 문헌정보학과나 도서관학과를 졸업해야 한다. 뒤늦게 사서의 꿈을 꾼다면 사서교육원에 다니면 된다. 하지만 작은 도서관 사서는 사서 자격증이 없어도 가능한 직업이다. 사서 자격증이 있는 사람은 작은 도서관 사서 일을 거의 하지 않는다. 급여가 너무 적기 때문이다.

사서는 사서 고생한다는 말이 있기도 하지만 작은 도서관 사서는 책을 좋아하면 책과 함께 근무할 수 있어서 좋은 직업이다. 보통 최저 시급이나 자원봉사로 이루어진다. 나는 서귀포에 있는 작은 도서관 사서로 5년 정도 근무했다. 직장으로 본다면 입때껏 가장 오래 다닌 직장이다.

작년에 도서관에 자주 오는 한 아이가 있었다. 아홉

살이었다. 도서관 근처에 있는 빵집에 사는 아이였다. 한 번은 그 아이가 나에게 진지한 표정으로 물었다.

"새로운 책은 언제 나와요?"

나는 새 책은 몇 개월 지나야 구입할 예정이라고 좀 기다려야 된다고 대답했다. 그러자 아이는 실망한 표정을 지었다. 그래서 나는 예정보다 일찍 당겨 신간 도서 구입을 추진하게 되었다.

보름 정도 지나 그 아이가 잊지 않고 다시 나에게 물었다.

"새로운 책은 언제 나와요?"

나는 기다렸다는 듯이 대답했다.

"응, 다음 주면 도착해."

그러자 그 아이가 이렇게 말하는 것이 아닌가.

"빨리 책 만드세요."

빨리 책을 만들라는 말이 무슨 말인지 몰라 되물으니 아이는 고개를 사무실 쪽으로 돌리며 천연덕스럽게 대답했다.

"저기 사무실에서 책 만들잖아요."

빵집에서 빵을 가게 안쪽에서 만들 듯이 책도 도서관 안쪽 사무실에서 만든다고 생각한 것이다. 나는 그 아이의 해맑은 상상에 감탄했다.

또 이런 일도 있었다. 겨울방학 독서교실이 끝나고 며칠 뒤에 독서교실 수업을 들었던 초등학교 4학년 아이가 사탕 하나를 갖고 도서관을 찾았다.

"정말 있는지 보러 왔어요."

그 아이는 독서교실이 끝나고서도 도서관이 계속 문을 여는지 궁금했던 모양이다. 사탕 하나를 내밀며 밝게 웃었다.

작은 도서관은 다니는 사람이 많지 않아 자주 오는 사람은 얼굴이 익숙해지고 정이 드는 경우가 많다. 귤을 수확했다면서 갖고 오는 어른도 있고, 커피를 사 들고 오는 마을 어른도 있다.

책이 좋아서 작은 도서관 사서가 되었는데, 이용하는 사람들의 따뜻한 마음을 느낄 수 있어서 좋다. 눈 내리는 날 작은 도서관에서 귤을 먹으면서 책을 읽는 맛은 향기로운 겨울의 맛이다.

쉰 가까이 살아오면서 여러 일을 했다. 그중 가장 마음에 드는 일을 고르라면 작은 도서관 사서 일을 말하겠다. 돈은 별로 안 되지만 대출·반납 데스크에 앉아 책을 보다 졸릴 때가 가장 행복하다.

턱을 괴고 눈을 감고 있는데, 인기척이 느껴진다. 아이의 목소리가 들린다.

"책 빌려요. 반납이오!"

간혹 대출과 반납을 헷갈려 하는 아이가 있다. 딱딱한 한자어 말고 쉽고 입에 붙는 말 없을까.

“

좀비들

”

놀이터에서 아이들이 좀비 놀이를 한다. 술래가 좀비가 되어 다른 아이들을 쫓는다. 아이들은 좀비가 따라오면 비명을 지르며 즐긴다. 좀비는 사람도 아니고, 귀신도 아니다. 제주도에서는 좀비를 이르는 말이 이미 있다. 바로 '귓것'이다. '귓것'은 죽었으나 저승으로 가지 못하고 이승에서 돌아다니는 귀신인데, 바보스러운 행동을 하면 사람 구실을 잘하지 못한다는 의미로 '귓것'이라 부른다. 좀비가 다가오면 달아나는 것은 사람답지 못한 점이 전염될까 두려워서다.

요즘에는 좀비가 메이저 영화에서 주요 소재로 자리 잡았지만 원래는 B급 영화의 단골 소재였다. 좀비물 혹은 고어물이라 불리며 기괴한 것을 좋아하는 사람들의 키치 성향의 소재로 취급되었다. 영화 〈살아 있는 시체들의 밤〉(조지 A. 로메로 감독, 1968)은 좀비 영화의 고전으로 추앙받는다.

좀비를 오버그라운드로 올라오게 한 것은 아무래도 영화 〈황혼에서 새벽까지〉(로버트 로드리게스 감독, 1996)와 〈좀비랜드〉(루빈 플라이셔 감독, 2009)의 기여도가 크다. 좀비물을 숨어서 보던 사람들도 바야흐로 당당하게 블록버스터 영화 이야기하듯 좀비 영화 이야기를 할 수 있게 되었다.

좀비에 대해 관심을 갖게 된 사람이라면 좀비의 역사를 찾아보았으리라. 좀비라는 말은 중앙아메리카 원주민의 신앙으로 부두교 제사장들이 약을 투여해 되살려낸 시체에서 유래한 단어다. 그래서 어떻게 보면 좀 불쌍한 존재다. 죽었는데 몸만 움직이는 것. 그래서 영혼 없이 공부하거나 일하는 것을 좀비에 비유한다.

이제는 K-좀비라는 말이 나올 정도로 우리나라 영화가 좀비의 선두주자가 되었다. 우리나라가 좀비의 무대로 은유되는 것은 이 나라가 아포칼립스의 무대인 것 같아 씁쓸하다. 이미 '헬조선'이라는 말이 우리를 지배하지 않았나.

도서관 열람실에 머리를 박고 공무원 시험을 준비하

는 청년들을 보면 좀비 같다. 일이 끝나고 술집에 가서 술을 마시고 나와 거리에서 비틀거리는 사람들은 좀비의 모습이다. 갤럭시 익스프레스의 노래 〈난 어디로〉를 들어보면 마치 정처 없이 떠도는 좀비 시점의 노래로 들린다. 시인 기형도는 그의 시 「비가2 붉은 달」을 통해 묵시록 같은 전언을 남겼다. "우리는 모두가 위대한 혼자였다. 살아 있으라, 누구든 살아 있으라." 좀비의 습격을 대비하는 사람의 유언 같다.

나도 한때 좀비 영화 마니아였다. 그런데 좀비 영화가 너무 자극적이다보니 다른 영화가 눈에 잘 들어오지 않는다는 부작용이 있다. 팝콘 브레인이 된 것. 좀비 영화에 빠진 것은 좀비에게 물린 것이나 마찬가지여서 일상에서도 초점 잃은 눈동자로 흐느적거리며 지내게 된다. 가뜩이나 은둔형 외톨이인 나는 방구석에서 좀비 영화나 보며 시간을 보내는 것이 어떤 당위성을 준 것 같다. 밖에 나가봐야 좀비가 득실거려.

병적인 좀비 영화 마니아를 벗어나게 한 작품은 역설적이게도 고어 영화 중 최고로 끔찍한 영화로 손꼽히는 〈고무 인간의 최후〉(피터 잭슨 감독, 1987)였다. 이 영화를 보고 나니 더는 좀비 영화를 보지 않아도 되겠다는 생각이 들었다. 나는 비로소 인간이 되었다.

그렇다고 좀비시대에서 벗어날 수는 없다. 정부는 노동 시간을 늘려 국민을 좀비로 만들려고 한다. 게다가 능력주의에 의한 경쟁과 그에 따른 낙오자는 좀비로 살아야 하는 시대다. 영화 〈알 포인트〉(공수창 감독, 2004)에는 죽은 무전병이 신호를 보내오는 장면이 있다. "하늘소, 하늘소, 여기는 두더지 셋, 응답하라." 죽어서도 구조 요청이 원혼처럼 남아 구천을 떠돈다. SOS는 마지막 구조 요청 신호다. 좀비가 몰려오는 위기를 극복하고 우리는 살아야 한다. 우리는 지금 누구에게 구조 요청 신호를 보내고 있는 것일까.

학생들은 공부에, 어른들은 일에, 누군가는 술에, 사랑에, 꿈에 좀비처럼 달려왔다. 목적 없이, 남이 하니까, 눈에 뵈는 것 없이 달려왔다. 누구든 감염자가 될 수 있듯 누구든 좀비가 될 수 있다.

연상호 감독의 〈부산행〉(2016)이 상업 영화로 크게 성공하면서 좀비 영화들은 계속 창궐하게 되었다. 내가 넷플릭스에 가입한 것은 김성훈 감독, 김은희 작가의 시리즈 〈킹덤〉(2019) 때문이었다. 주동근 작가의 웹툰 〈지금 우리 학교는〉 역시 넷플릭스에서 볼 수 있어 좀비물은 여전히 나를 사로잡는다.

〈부산행〉에서 군인들을 좀비로 설정한 것에는 한국에 대한 상징이 들어 있다. 여전히 징병제가 진행중인 이 나라에서 군인은 좀비와 크게 다르지 않다. 스무 살이 될 때까지 주체성 없이 살다가 입영통지서가 나오면 떠밀려간다.

“

전문대

”

나는 전문대를 두 군데 다녔다. 한 학교는 다니다 그만두었고, 다른 학교는 졸업했다. 둘 다 2년제 학과다. 전자는 의무행정과였고, 후자는 문예창작과였다. 전문대가 그 학과에 맞는 전문가를 육성하는 곳이니 나는 문예창작과를 졸업해 그래도 시집을 냈다. 하지만 안타깝게도 내가 나온 그 문예창작과는 폐과되었다. 취업에 도움이 되지 않는다는 이유였다. 서울예술대학 문예창작과는 사정이 다르지만 고등학생들은 가능하면 4년제 문예창작과로 진학하려고 한다.

의무행정과는 보건계열 학과였다. 졸업하면 병원 원무과에 취직되는 코스였다. 그래도 의학 쪽이라서 군대에 가면 거의 의무병이 된다고 들었다. 같은 학과에 다니는 K가 있었다. 그는 수석으로 입학했고 과 대표였다. 대부분 여학생인 학과라서 몇 되지 않는 남자끼리 친했는데, K와 나는 동반 입대를 하게 되었다.

군대에서는 줄을 잘 서야 한다는 말이 있다. 무심코 선 줄에 따라 운명이 바뀌기 때문이다. K와 나는 논산훈련소로 입대했다. 기초 군사훈련을 받고 병과를 정하는 면접 시간이 되었다. 그때 나는 K 앞에 섰다. 그때 내가 K의 뒤에 섰다면 운명이 바뀌었을 것이다.

면접관이 내 인사 기록 카드를 보며 물었다.

"1급 전염병에는 뭐가 있지?"

아주 기본적인 질문이었는데, 나는 대답하지 못했다. 학과에 적응하지 못한 나는 결석을 자주했고 공부를 제대로 하지 않았다. 면접관이 한심하다는 표정을 지으며 고개를 가로저었다. 다음은 K의 차례였다. 면접을 보고 나온 K는 투덜대며 말했다.

"아니 나한테는 질문도 안 하더라고. 같은 과네, 이렇게만 하더라."

K와 나는 보병 기관총 병과를 부여받았다. 논산훈련소에서는 버스를 타고 아주 멀리 갈수록 좋은 병과라 하는데, K와 나는 트럭도 아니고 오리걸음으로 이동했다.

제대하고 나는 다시 수능을 보았다. 그리고 문예창

작과에 입학했다. 문예창작과에 들어가 처음 쓴 소설 제목은 '화신비디오의 여름'이었다. 수업 시간에 교수가 처음 쓰는 소설은 자전적인 경우가 많다며 웃었다. 나는 뭔가를 들킨 것 같아 부끄러웠다.

내용은 이렇다. 영화를 좋아해 비디오 가게에 취직한 현은 프랑수아 트뤼포의 영화 〈쥴 앤 짐〉(1962)을 계속 빌려 보는 권에 대해 호기심을 갖는다. 아무리 좋아하는 영화라 해도 두 번 정도 빌리는 일은 있어도 권은 다섯 번이나 되었다. "혹시 영화 전공하세요?" 현이 권에게 비디오테이프를 건네며 물었더니 "왜 그런 걸 물어보세요?"라고 권은 차갑게 대꾸했다.

그후 권은 여름이 되어서야 다시 나타났다. 나중에 알게 되었지만 그는 영화감독을 꿈꾸고 있었다. 우연히 보게 된 단편영화 프로필에 그의 이름이 있었다. 그 단편영화는 〈그리운 날들이 다시 돌아온다 해도〉인데, 서정적이지만 재미없는 영화였다.

휴일에 바닷가에 간 현은 몇 사람과 영화를 찍고 있는 권을 발견한다. 그 모습이 너무 따뜻해 보였다. 햇빛이 강해 배우가 눈을 찌푸리고 있었지만 행복해 보였다. 단편 몇 편 찍다가 결국 장편 데뷔를 못 할 수도 있지만 권과 함께 영화를 찍는 사람들은 뭐가 그리 좋은지 깔깔 웃으며 해국처럼 그곳에 피어 있었다.

비디오 가게 문을 막 닫으려고 하는데, 권이 황급히 뛰어왔다. "〈줄 앤 짐〉 대여할게요." 권이 무슨 상비약을 찾는 듯한 목소리로 말했다. 그 비디오테이프는 현이 집에 갖고 가서 가게에 없었다. "다른 사람이 빌려갔는데요." 현이 권에게 말했다. "그 영화 빌릴 사람이 이 동네엔 없을 텐데……." 권이 낙담한 표정으로 말했다. 현은 권의 말이 못마땅했다. "왜 그렇게 생각하세요?" 현은 다소 공격적인 말투로 권에게 쏘아붙였다.

휴일에 다시 바닷가에 간 현은 영화를 찍었던 그 자리에 가서 서 보았다. 모래 위에 있는 돌을 발로 찼다. 그들의 발자국도 몇 개 보였다. 현은 그들이 웃었던 표정을 따라 해보았다. 혼자 그곳을 맴돌았다. 멀리 파도가 밀려왔다가 부서지고 있었다.

이 소설 내용처럼 문예창작과를 보낸 것 같다. 시를 읽고 시를 썼지만 따라 하다가 끝난 느낌이다. 문예창작과에 다닐 때 같은 과목을 들으면서 알게 된 다른 학과 한 학생이 한 학기가 끝날 무렵에 나에게 시를 보여주었다. 그는 쑥스러워하며 얌전한 학생처럼 가만히 앉아 나의 표정을 살폈다. 그와 나는 그해 선망하던 문예지 신인상에 응모했지만 고배를 마셨다.

한편, K는 대학병원 원무과에 들어갔다. 아버지가 뇌경색으로 쓰러져 병원에 입원했을 때 전원을 고민하면서 K에게 전화를 걸었다. 거의 20년 만에 거는 전화였다. 벚꽃 흩날리던 대학 캠퍼스가 떠올랐다.

“
벌새의 시대
”

작년 여름 서울에 폭우가 내렸을 때 반지하 원룸이 물에 잠겼다. 그때 재난 불평등이라는 말을 들었다. 재난은 약자에게 더 가혹하다.

〈벌새〉(김보라 감독, 2019)는 재난이 개인에게 미치는 영향에 대해 생각하게 하는 영화였다. 1994년 성수대교 붕괴, 1995년 삼풍백화점 붕괴, 2014년 세월호 참사, 2022년 이태원 참사 등. 그사이를 촘촘하게 이어온 수많은 사고. 우리는 여전히 벌새의 시대를 살고 있다.

1970년 12월 15일에 발생한 남영호 침몰 사건을 기억하는 사람은 많지 않다. 벌써 53년 전 사건이다. 전날 오후 서귀항에서 출항한 남영호는 다음 날 새벽 1시 15분경 전남 여수 남동쪽 해상 35킬로미터 지점에서 침몰했다. 탑승 인원 338명, 사망 326명, 구조 12명. 정원

초과에 화물은 적재량의 네 배를 더 실었다. 위기 상황에 구조 요청을 긴급하게 타전했으나 해경은 이를 무시했다. 군사정권 시절에 변변한 보상도 없었다. 사고 이후 서귀항에 조난자 위령탑이 세워졌다가 항만 공사를 이유로 중산간 공동묘지로 옮겨졌다. 유족과 언론의 문제 제기로 다시 자리를 잡은 곳이 서귀포 소정방폭포 부근이다.

1982년 2월 5일에는 육군특수전사령부 소속 C-123 수송기가 한라산 개미등계곡에서 추락했다. 탑승자 53명 전원 사망. 숨을 거둔 군인들은 당시 제주공항 활주로 준공식에 참석 예정이었던 전두환 대통령을 경호하기 위한 병력이었다. 강설로 인한 악천후로 이륙이 불가하다는 보고를 했으나 상부는 강행을 지시했다. 사고가 발생하자 대간첩작전 훈련중 발생한 사고라며 진실을 은폐했다.

국가에 의한 사고는 계속 이어져왔고 선거도 계속 치러진다. 매 선거 때마다 후보자들은 머리를 숙인다. 변화된 모습을 보여주겠다고 간절하게 애원한다. 그 모습은 사고의 징후다. 유권자들은 거듭 속는다. 속이고 속는다. 여러 번 속아주니 계속 속인다. 거짓말을 정치의 특성으로 여기게 된다. 세월호 참사와 대통령 탄핵 이후 추락한 어느 정당의 지지도는 몇 년 만에 다시 원상회복되었다. 그렇게 당하고도 너그럽게 용서를 해주는 우리 국민이 불쌍하다.

영화 〈벌새〉에서 어린 은희(박지후 분)는 갑작스러운 사고로 누군가를 잃고 다시 일상을 살아야 하는 처지에 놓인다. 우리의 처지가 은희의 인생이다. 모범이 되어줄 만한 어른도 없는 세상에서 은희는 노래방에서 당대의 히트곡 원준희의 노래 〈사랑은 유리 같은 것〉을 부른다. 우리는 정말 깨지기 쉬운 유리처럼 살아왔다. 그 투명한 유리가 깨지지 않게 하기 위해 우리가 할 수 있는 일은 세상에서 가장 작은 새라는 벌새처럼 작지만 큰 날갯짓을 하는 일이다.

“

하얀 꽃바람 불면

”

호근동에서 두 해 동안 작은 책방을 운영했다. 원래는 아라동에 있었는데 이전했다. 아내의 고향이고 공간이 마음에 들어 선뜻 계약했다. 가게는 원래 작은 슈퍼를 했던 곳이었다. 오래된 섀시 문이 정겨웠다. 근처에는 30년도 넘은 분식집이 있어서 더 마음에 들었는지도 모른다.

그런데 서점을 이전하고서야 확인했다. 호근동이 최초의 제주어 시집인 『돌하르방 어디 감수광』(태광문화사, 1984)을 낸 시인 김광협의 고향이라는 사실을. 이미 알고 있었지만 잊고 있었다. 호근동에는 김광협 시비도 있고 시 벽화도 있다. 책방이 시집 전문 서점이니 서점 위치로는 제격이었다.

김광협은 1965년 동아일보 신춘문예로 등단했다. 서울에서 기자생활을 오래 해서 고향인 제주도에서는 크게 주목받지 못했다. 하지만 처음으로 제주어 시집을 낼 정도로 그는 제주도에 대한 생각을 많이 했던 것 같다. 사후에야 작고 문인 선양의 분위기가 형성되었다. 시비와 문학상이 생겼다. 시집 『강설기』는 그의 첫 시집이다. 이 시집에 그의 대표시라 할 수 있는 「유자꽃 피는 마을」과 「서귀포」가 수록되어 있다.

서점에서 시 모임을 만들었다. 책방이 있는 길 이름이 막동산길이라서 문학회 이름을 막동산문학회라 지었다(맛동산 아니고 막동산이다). 유자꽃 피는 마을에서 시를 쓰고 읽었다.

시 모임은 주로 저녁 시간에 가졌다. 대부분 직장을 다니거나 다른 일을 하고 있어서 저녁 시간에 모일 수 있었다. 각자 쓴 시를 가져와서 펼쳐놓고 읽었다. 서로 감상을 말하는 동안 시의 밤이 깊어갔다.

한번은 눈 오는 날이었다. 눈이 와서 참석률이 낮을 줄 알았는데, 대부분 참여했다. 열 평 남짓한 서점에 사람들로 가득했다. 창밖에는 눈이 내렸고 시가 우리의 마음에 함박눈처럼 쏟아졌다. 모임이 끝났는데도 다들 헤어지기 아쉬운 표정이었다. 차양 아래 서서 내리는 눈을 바라보았다. 몇몇은 담배를 입에 물었다. 농촌 마을이라서 조용한 겨울밤이었다.

"유자꽃 피는 마을이 호근동인데, 오늘은 눈꽃이 폈네요."

누군가의 말이 차갑고도 따뜻하게 들렸다.

봄이 되어 나는 작정하고 마을을 걸었다. 정말 유자꽃이 피는 마을인지 확인하고 싶었다. 호근동의 꽤 많은 집 마당에는 하귤이 있었다. 하귤과 유자는 비슷하지만 열매 모양이 조금 다르다. 하지만 유자는 댕유지라 해서 제주도에서 예부터 약재로 쓰기 위해 마당에 주로 심던 과실수다. 그러므로 김광협의 노스탤지어는 어린 시절부터 유자꽃 하이얗게 핀 그 유자꽃이었을 것이다.

'강설기'는 눈이 많이 내리는 시기를 일컫는 말이다. 유자꽃 필 때는 하얀 꽃바람이 분다. 그것은 마치 눈보라 같다. 눈 내리는 소리를 "곁에 서면 세월이 머리를 쓰다듬는 소리"(「강설기」 부분)로 표현한 것처럼 유자꽃 향기 역시 긴 세월 동안 이어져왔다. 머지않아 귤꽃 향기가 흩날릴 것이다.

오랜만에 필사노트를 다시 시작하려고 마음먹고 첫 시로 어떤 시로 할까 고민하느라 반나절을 다 보냈다. 결국 결정한 시는 김광협의 「서귀포」. 유자꽃 핀 밤이 얼마나 밝았으면 똑딱선도 등을 켜지 않았다고 표현했을까. 이 시에서는 아동문학가 강소천(姜小泉)을 언급했는데, 아마도 소년 김광협에게 강소천의 동화가 문학의 등불이었으리라.

“

노벨문학상 타는 방법

”

제주도에서 시조를 쓰는 원로 시인과 식사를 한 적 있다. 소주를 반주로 곁들여서 그런가 문학에 대한 이런저런 이야기를 나누다가 그가 대뜸 노벨문학상을 탈 수 있는 방법이 있다고 말했다. 그 시인이 말해준 방법은 이렇다.

먼저 독도에 가서 집을 구한다. 그 집에서 몇 날 며칠 시만 쓴다. 그러면 매스컴에 타기 좋아 방송국에서 취재를 올 것이다. 그때 인터뷰를 할 때 독도에서 시를 쓰는 이유가 평화를 위해서라고 말한다. 그러면 다른 나라 시인들도 독도를 찾아오게 될 테고 세계적으로 유명한 시인이 될 수 있다는 것이다. 그러면 각국의 나라말로 번역한 시집이 나오게 되어 결국 노벨문학상을 받게 된다는 것이다.

물론 농담이다. 싱거운 농담이지만 원로 시인의 농

담이라 이 말은 내 기억에 깊게 박혀 있다. 그는 시조 관련 큰 문학상을 받기도 했지만 대중들은 그를 잘 모른다. 나 역시 나이들어 할아버지가 되면 이런 쓰잘머리 없는 농담이나 하며 여생을 보내야 한다.

당대 최고 인기 시인 중 한 명이라 할 수 있는 나태주 시인의 특강을 들은 적 있다. 도서관에서 초청한 자리였는데, 많은 사람이 몰렸다. 그는 송해 아저씨처럼 아주 구수하고 소박한 말로 청중의 공감을 얻었다. 그는 이제 자신은 더는 좋은 시를 쓰지 못할 것이라고 말했다. 너무 인기가 많아졌기 때문이라고. 또 한번은 자신의 시집이 시집 부문 베스트셀러 1위라고 해서 얼마나 팔렸는지 확인해보니 1만 권이었다고 하면서 100만 권이나 10만 권도 아닌 1만 권으로의 1위가 기쁘면서도 씁쓸했다고 말했다.

확실하게 확인해본 것은 아니지만 노벨문학상을 타게 되면 전용기가 온다고 한다. 축하하는 사람들을 모두 태우고 스웨덴 한림원으로 갈 수 있다고 예의 원로 시인이 말했다. 그 말을 들으며 나는 스웨덴 비행기에 축하객으로라도 타는 상상을 했다.

노벨문학상을 꼭 타야만 훌륭한 작가가 되는 것은

아닐 터다. 나태주 시인을 유명 시인으로 만든 것은 아무래도 그의 시 「풀꽃」의 영향이 크다. "자세히 보아야 예쁘다"는 내용의 이 시는 사람도 풀꽃처럼 자세히 볼 것을 권한다. 작지만 깊은 이 따뜻한 마음 같은 시를 쓸 수 있다면 노벨문학상을 받는 것보다 훨씬 나은 작가일 것이다.

“

동시가 사는 집에 놀러가면

”

현재 내가 갖고 있는 책 중 가장 오래된 책은 이원수 동시집 『너를 부른다』(창비, 1979)다. 서지 부분이 찢겨 정확한 출판 연도는 알 수 없지만 초판은 아닌 것 같다. 초등학교 5학년 즈음 엄마가 사주신 책이다. 여전히 나는 엄마가 왜 나에게 동시집을 건넸는지 그 까닭이 궁금하다. 중학교까지 졸업한 엄마의 가계부에는 시가 적혀 있었다.

여름방학이었던 것 같다. 독서감상문 숙제가 있었다. 집에 몇 권의 책이 있기는 했지만 괜히 엄마에게 책을 사달라고 졸랐다. 엄마는 그때 비료공장에 다니셨다. 엄마는 저녁에 일부러 시내에 가서 책을 사셨다. 그때 사오신 책이 이원수 동시집이다. 위인전이나 과학책일 줄 알았는데, 동시집이었다. 지금 생각하면 독서감상문을 동시집으로 어떻게 썼을지 궁금하다. 동화라면 줄거리를 요약해 썼을 텐데, 초등학생에게 시 감상문은 쉽지 않았을 것이다.

그렇게 동시가 나에게로 왔다. 동시가 나에게 올 무렵 나는 막내 외삼촌을 무척 따랐다. 막내 외삼촌은 공부를 잘해서 제주교대에 다녔다. 우리집이 대학교 옆 동네라서 밖거리(바깥채)에 외삼촌이 살았다.

엄마는 공부 잘하는 동생에게 나를 맡기면 도움이 될 것이라 여기신 모양이다. 하지만 막내 외삼촌은 공부 대신 나에게 별자리, 스무고개, 탁구, 수영 등을 알려주었다. 막내 외삼촌은 음악을 좋아했다. 막내 외삼촌이 갖고 있던 LP에 새겨진 '지구레코드' 로고가 기억에 오래 남아 내 첫 시집이 『지구레코드』(다층, 2009)다.

그때 막내 외삼촌에게는 여자친구가 있었다. 그 누나는 미역무침을 아주 잘 만들었다. 비양도가 보이는 협재 바닷가 집에서 먹던 미역무침의 맛은 지금도 잊을 수 없다. 엄마한테 들었는데, 집안에서 두 사람의 결혼을 반대했다고 한다. 어린 나는 그 까닭을 잘 알지 못했다.

엄마는 키가 작았다. 나는 그런 엄마를 창피하게 여긴 적도 있었다. 내가 일기에 그런 내용을 썼는데, 엄마가 나의 일기를 보고 상처를 받으신 것이 분명했다. 엄마는 내 생일날 국수를 준비해놓으시고 이웃집으로 자리를 피하셨다. 중학교 2학년 겨울방학 때 엄마는 연탄가스 중독으로 돌아가셨다.

막내 외삼촌은 엄마보다 한 해 일찍 세상을 떠났다. 교통사고였다. 오토바이를 타고 우리집으로 오는 길에 다리 밑으로 굴렀다. 좀더 일찍 발견했다면 살았을 것이라는 말을 장례식장에서 들었다.

막내 외삼촌이 나에게 음반 한 장을 내밀었다. 턴테이블에서 음악이 흘러나오고 있었다. '산울림'이었다. 막내 외삼촌은 산울림 노래 중 〈동화의 성〉을 좋아해 자주 흥얼거렸다. 색 바랜 카펫 위에 누워 노래를 흥얼거리는 것이 대학생 같아서 나도 그런 대학생이 되고 싶었다.

엄마랑 과수원 가는 길에 동요 〈우산〉을 함께 불렀다. 윤석중의 동시라는 사실은 어른이 되어서야 알았다. 음악 시간에 자유곡 부르기 실기시험이 있어서 연습하려고 불렀더니 엄마가 잘 부른다며 나를 추켜세워주셨다. 그래서 나는 연거푸 목청껏 노래를 불렀다.

"찢어진 우산" 부분을 부를 때는 이상하게 재밌어서 키득거리며 노래를 불렀다. 이 동시를 지금 다시 오랜만에 살펴보니 매우 따뜻한 평등의 노래다. 좁은 길을 줄지어 걷는 것이 아니라 나란히 걷고 있다. "이마를 마주 대고" 말이다. 서로 달라도 함께 가는 모습이 아릿하다. 그리고 초등학교 1학년 정도면 키가 작아서 정말 우산들이 서로 이마를 마주 댈 수밖에 없다.

음악 시간에 받은 점수는 낮았다. 떨렸지만 엄마의 칭찬을 믿으며 목소리를 높여 크게 노래를 불렀다. 하지만 옆에서 피아노 연주를 해주시던 선생님이 나에게 냉정하게 말했다. 택훈이는 작곡을 하면서 노래를 부른다고. 아이들이 깔깔깔 웃었다.

제1회 MBC창작동요제 대상을 받은 〈새싹들이다〉를 작사, 작곡한 좌승원 작곡가와 『까마귀 오서방』 등 토속적인 제주도 동화를 많이 쓴 박재형 동화작가는 내가 초등학교에 다닐 때 선생님으로 계셨다. 그들의 음악과 이야기가 나에게 동심을 오래 지니도록 만들어주었을 것이라 믿는다.

과수원 가는 길에는 삼나무 길이 있었다. 제주에서는 삼나무를 숙대낭이라 부른다. 키 큰 숙대낭은 늘 말없이 우리를 안아주었다. 나는 숙대낭 아래에서 놀았다. 엄마가 일하고 계시면 숙대낭 그늘에서 돌멩이로 자동차 놀이를 하며 엄마를 기다렸다.

나는 끝내 엄마에게 왜 동시집을 사주었는지 물어보지 못했다. 그 동시집을 펼쳐보면 어린 시절 그 책을 읽으며 낙서한 흔적이 있다. "햇볕은 고와요 하얀 햇볕은 / 나뭇잎에 들어가서 초록이 되고 / 봉오리에 들어가서 꽃빛이 되고 / 열매 속에 들어가선 빨강이 돼요"(이원수의 동시 「햇볕」 부분)

어느덧 세 권의 시집을 내고 격월간지 〈동시마중〉을 펼치니 동시의 세계가 무척 아름다웠다. 나는 이제 동심을 잃었다고 여겼는데, 그때 그 아이는 여전히 키 큰 숙대낭이 있는 길에서 엄마와 동요를 부르고 막내 외삼촌과 별자리를 찾고 있었다.

그리고 류선열의 동시집 『샛강아이』(푸른책들, 2002)—후에 문학동네에서 『잠자리 시집보내기』(2015)로 새 옷을 입고 나왔다—를 만난 것은 나에게 사건이었다. 동시 「똑딱 할멈」, 「산이 울면」, 「호랑이 사냥」 등이 숨어 있던 원풍경을 다 찾아주었다. 요절한 류선열 시인이 막내 외삼촌 같았고 엄마 같았다.

동시를 쓰기 위해 곶자왈에 갔다. 곤충이나 식물을 보고 메모를 해서 집에 왔는데, 문제가 생겼다. 그들의 이름을 몰라 동시를 쓸 수 없었다. 그래서 뒤늦게 도감을 살폈다. 곤충도감에서 '두점박이사슴벌레'를 보고 곶자왈을 다시 찾았다. 곶자왈에 가는데 그런 생각이 들었다. '나는 지금 두점박이사슴벌레 집에 가는 거구나.'

게다가 두점박이사슴벌레는 멸종위기 야생생물이다. 제주도 생태 전문 출판사 '한그루'에서 나온 비매품 생태 관련 보고서 등의 도움을 받으며 동시를 썼다. 동시를 쓰면 어린 내가 이미 내창이나 곶자왈에서 놀고 있다.

어렸을 때 친구네 집에 놀러가는 것은 낯선 세계로 가는 마음이었다. 내창, 곶자왈, 친구네 집 모두 다른 세계다. 그러므로 존재 가치가 있고 존중받아야 한다. 요한이는 요한이네 집에, 진원이는 진원이네 집에, 재엽이는 재엽이네 집에 산다. 두점박이사슴벌레는 두점박이사슴벌레 집에 산다. 그 집이 곶자왈이다. 그래서 첫번째 동시집 제목을 '두점박이사슴벌레 집에 가면'으로 정했다.

그러고 보니 동시가 사는 집은 동시집이다. 수십 편의 동시가 이마를 마주 대고 산다. 나는 이 집에서 일요일 아침 햇살 같은 평화가 들어오는 유리창을 갖고 싶다. 가끔씩 산울림도 듣고 누가 음치라고 해도 내가 좋아하는 노래를 목청껏 부를 것이다. 비 오면 빗소리를 공책에 적시며, 별이 뜨면 별빛을 공책에 수놓으며.

“
미기후
”

곶자왈을 걷다가 안내판에 적힌 낱말을 보고 시적이라 여기며 메모해두었다. 그 낱말은 ‘미기후’다. 이는 지표 가까이의 기후를 말한다. 그러니 발목 아래의 날씨인 것이다. 이 말을 생각하면 잎사귀 아래 잠든 벌레나 이끼에 부는 바람이 떠오른다. 미기후의 마음은 시 쓰기 좋은 마음이다.

인간의 입장만 생각하면 백엽상으로 관측하는 기온만 생각하게 되는데, 시선을 바꾸면 얼마나 많은 기후가 있겠는가. 시를 써보니 관찰이 중요한 것을 알겠다. 그런데 이 관찰은 다른 시선으로 관찰할 때 시상이 다가온다.

임길택 시인을 좋아한다. 그는 탄광마을처럼 오지에 있는 초등학교만 일부러 지원하여 아이들과 함께했다. 그는 아이들과 사진을 찍을 때 늘 아이들과 시선을 맞추기 위해 구부정한 자세를 취한다. 아이들이 보는 세상과 같은 세상을 보려고 노력한 것이다.

가끔 초등학교에서 동시 교실을 진행한다. 방정환 선생이 어린이를 찬미하며 "모든 어린이는 시인이다"라고 한 말을 실감하게 된다. 어떤 표현은 내가 뺏고 싶을 정도로 탐난다. 내가 좋아하는 시인들은 거의 모두 동시를 썼다. 윤동주의 「귀뚜라미와 나와」나 박목월의 「산새알 물새알」은 얼마나 아름다운 동시인가.

같은 날씨여도 어른과 어린이가 받아들이는 마음은 다르다. 나도 아이의 마음으로 시를 쓰고 싶다. 우선 발목 아래 부는 바람 속으로 들어가야겠다.

“

그 많던 공중전화는 다 어디로 갔을까

”

길을 걷는데 공중전화를 발견했다. 발견이라는 말이 맞다. 예전에는 거리 곳곳에 있었지만 점점 줄어들어 이제는 찾기 어렵다. 20년 전만 해도 공중전화 부스는 주요 통신수단이었다. 공중전화 앞에 줄을 서서 기다리는 모습도 볼 수 있었다. 하지만 그것은 이제 몇십 년 전의 흑백사진 같은 풍경이다. 가로등이나 가로수와 어울려 낭만적인 모습으로 있는 공중전화는 그림엽서 같았는데, 이제 먼 옛날처럼 느껴진다.

내가 20대 초반이었을 때는 휴대전화가 없던 시절이었다. 그래서 집에 있는 전화기를 사용하거나 밖에서는 공중전화를 찾았다. 공중전화 카드를 모으기도 했다. 길을 걷다 누군가 버린 공중전화 카드가 있으면 주웠다. 마치 우표처럼 기념으로 만든 카드가 많아 모아서 보는 재미가 있었다. 한때 서랍 한가득 모아 보관했으나 이사하면서 버리고 말았다.

길을 걷다 공중전화 부스에 누군가 사용하고 남은 금액이 표시되어 있으면 무턱대고 전화를 걸었다(그때는 반환되지 않는 금액을 다음 사람을 위해 전화를 끊지 않고 일부러 수화기를 옆에 내려놓는 정이 있었다). 시간이 돈이라서 뚝뚝 떨어지는 동전소리를 들으며 정말 '용건만 간단히' 통화했다.

당시 공중전화 문화를 반영한 대중가요도 있다. "마지막 동전 하나 손끝에서 떠나면"이라 부르는 김혜림의 노래 〈D.D.D〉, "야윈 두 손엔 외로운 동전 두 개뿐"이라 부르는 015B의 노래 〈텅 빈 거리에서〉를 듣던 추억이 새롭다. 많이 알려지지는 않았지만 봄여름가을겨울의 노래 〈전화〉도 있다. "노란 가로등 아래 공중전화에서 / 꿈결처럼 들리는 목소리 / 아무 말 못 했지" 노랫말이 무척 공감되었다. 보사노바 리듬에 "아무 말 못 했지"를 반복하며 마음을 달랜다.

당시에는 삐삐가 있었지만 나 같은 백수에게 삐삐는 사치였다. 그런데 동전도 없어서 전화를 걸 수 없을 때는 참 난처했다. 그때 나는 우연히 동전 없이 전화를 걸 수 있는 방법을 알아냈다. 사실 이것은 나만의 비밀인데, 당시에는 주위에 많이 알리지 않았다. 사람들이 나와 같은 방식으로 전화를 걸면 한국통신에서 시스템을 바꿀 수 있기 때문이었다. 이제는 거의 누구나 스마트폰을 들고 다니니까 말해도 되겠지.

돈 들이지 않고 공중전화로 전화를 거는 방법. 일단 수화기를 들고 수신자부담 전화번호를 누른다. 그러면 안내 음성이 나온다. 원하는 사람에게 전화를 걸라고. 그러면 상대방이 전화를 받는다. 그리고 이내 안내 음성이 나온다. 수신자부담인데 전화를 받을 것인지 묻는다. 이때가 중요하다. 그때 몇 초의 기회를 틈타 안부를 묻는다.

"나"

"여기"

"잘 있어"

등을 황급히 말하고 상대방이 수신자부담 승낙하는 버튼을 누르기 전에 얼른 전화기를 끊는다. 그러면 아무에게도 요금이 부과되지 않는다. 놀랍지 않은가.

당시 친구랑 놀다 버스가 끊겨 택시를 타고 귀가해야 하는 상황이었다. 하지만 나에게는 동전 하나 없었다. 그래서 공중전화로 집에 계신 아버지에게 전화했다.

"아버지"

"나"

"지금"

"택시"

"탑니다"

"20분"

"뒤에"

"집 앞으로"

"택시비"

"갖고"

"나와주세요"

이렇게 여러 번 수신자부담으로 전화를 걸어 SOS를 친다. 그러면 나는 안심하고 택시를 타고 집으로 가고 택시가 집 앞에 서면 기다리고 계셨던 아버지가 택시비를 계산한다. 주의할 점은 아버지한테 등짝을 맞을 수 있기 때문에 신속하게 방으로 뛰어들어가야 한다.

그때 밤거리에는 공중전화 수화기를 붙잡고 있는 청춘들이 많았다. 술 취해 전화를 걸면서 훌쩍이거나 고백을 하는 경우도 많았다. 새벽에 부스 안에 쭈그려 앉아 잠든 취객도 간혹 보였다. 그러니 "우리가 가진 것은 없어라 기타 하나 동전 한 닢뿐"이라고 부르는 이재성의 노래가 히트를 칠 수 있었을 것이다.

길을 걷다 공중전화를 발견하면 반갑다. 누군가에게 마구 전화를 걸고 싶어진다. 낯선 전화번호를 보고 그 사람은 전화를 받을까. 전화를 받지 않아도 좋다. 다소 무거운 그 수화기를 들고 좁은 그 부스 안에서 때로는 간절하게, 때로는 흐느끼며 전화로 말하던 그날들이 있었다.

사라진 공중전화들은 다 어디로 갔을까. 다 별이 되어 어디론가 전화를 걸고 있을 것만 같다. 서로 전화를 받고 별빛의 이야기를 나누고 있으려나.

내가 시장이라면 공중전화와 우체통을 도시에 많이 설치할 것이다. 쓸모없다는 이유로 사라지는 것들 중에서 소중한 기억이 많이 남아 있는 것은 공중전화와 우체통이다. 혹시 모르잖아. 공중전화를 이용하는 것이 재미있어서 줄 서서 전화기를 이용할지. 우체통이 보여 편지가 생각나 우체통에 편지가 금방 가득해질지도.

“
뚱보
”

뚱뚱한 것은 B급이다. 요즘 같은 외모지상주의 사회에서 비만은 혐오의 대상이 되기도 한다. 나는 뚱보로 살고 있다. 뚱보의 삶은 차별 속에 있다. 유명한 브랜드의 옷은 대개 큰 사이즈를 찾기 힘들다. 어떤 디자이너가 말했다. 우리 브랜드의 옷을 뚱뚱한 사람이 입으면 브랜드의 이미지가 실추된다고. 빅사이즈 옷은 보통의 옷보다 가격이 좀더 비싸다. 크다는 것과 많이 없다는 까닭으로 빅사이즈 옷가게의 방침에 따라야 한다.

변명이라면 라면이나 소시지 같은 정크푸드가 문제였다. 서른 살 무렵부터 살찌기 시작했다. 밥을 먹고도 라면을 먹은 적도 많았다. 한밤중에 자제력을 잃고 라면을 끓이곤 했다. 점점 몸무게가 늘었다. 체중계에 올라가기가 두려웠다. 먹고 운동하면 되겠지 하는 자기합리화를 하면서 지냈다. 살을 빼기는커녕 계속 살이 쪄서 말 그대로 뚱보가 되었다.

10년 전의 그 몸무게라도 유지할걸. 그때 살을 빼려고 하기 전에 그 몸무게라도 유지하는 목표를 세웠어야 했다. 그 이후로 살이 더 쪘으니 나의 잘못된 생활 습관을 반성하게 된다.

운동을 시도했지만 작심삼일이었다. 피트니스 센터에 등록했는데, 며칠 가지 못하고 포기했다. 운동복을 입어야 하는데, 왜 뚱보를 위한 큰 옷은 없는지 우울했다. 살이 찌면서 티셔츠보다는 남방을 주로 입게 된다. 남방이 그나마 배불뚝이를 조금 가려줄 수 있다.

나의 두번째 시집 제목은 '남방큰돌고래'인데, 제주도 바다에서 그물에 걸려 끌려가 돌고래쇼를 해야 했던 제돌이 이야기를 모티프로 한 시집이다. 내가 남방을 큰 거 입어서 시집 제목이 '남방큰돌고래'인 것 같다며 주위 사람들이 말했다.

살이 찌면 입을 옷이 마땅히 없어서 불편하다. 게다가 살이 계속 쪄서 옷도 계속 사야 하니 경제적으로도 안 좋다.

내가 사는 곳에서 자주 가는 빅사이즈 가게는 두 군

데가 있다. 한 곳은 젊은 사장이 운영하는 곳인데, 그 사장도 뚱뚱한 편이어서 일단 신뢰할 수 있다. 젊은 감각의 옷이 많았고 살이 쪄도 핏이 어느 정도 잘 나오도록 신경 쓰는 코디를 잘한다. 하지만 마흔 넘은 내가 입기에는 무리인 옷이 대부분이었다. 사장은 여러 옷을 나에게 입혀 보며 권하지만 옷매무새가 영 볼품이 없다. 그래서 그곳은 점점 가지 않게 되었다.

다른 한 곳은 중년의 남자가 사장인데, 뚱보가 아니어서 처음에는 신뢰하지 않았다. 하지만 여러 번 이용해 보니 옷을 입기 부담스러워하는 나의 마음을 잘 배려해 주어 어느새 단골이 되었다. 아는 사람의 가족 결혼식에 참석하러 갔는데, 그곳에서 그 사장을 우연히 보았다. 나는 낯이 익어 인사했지만 누군지 잘 떠오르지 않았는데, 사장이 나에게 이렇게 말해서 나는 고개를 끄덕였다. "큰 옷!"

예전에 초등학교 방과후 독서논술 강사를 한 적 있다. 처음 소개할 때 내가 시인이라고 하자 한 아이가 일어서서 웃으며 말했다. "시인이 왜 그렇게 뚱뚱해요?" 맞는 말이다. 시인이라면 고뇌하는 삶이어야 하는데, 음식 생각이 왜 나느냐 말이다. 김수영 시인의 하얀 러닝셔츠 핏은 그야말로 시인의 모습이다. 기형도 시인도 그렇고, 내가 좋아하는 장이지 시인도 빼빼 말랐다.

과연 삶에 대해 고민하고 있는 것인지 나는 내가 의심스럽다. 그렇지 않고서야 이렇게 뚱뚱할 수가 있나. 그래서 B급 시인인 모양이다.

"

무면허

"

나는 운전을 하지 못한다. 변명이라면 균형 감각이 없어서 도전하지 않았다. 어렸을 때 체육 시간에 평균대 걷기를 했는데 자꾸만 떨어졌다. 나는 달팽이관이 이상한 것은 아닐까 하는 생각도 했다.

스무 살 무렵 친구와 함께 덩달아 운전면허시험을 보러 간 적은 있다. 필기시험부터 보는데, 친구는 합격했지만 나는 불합격했다. 대학도 떨어졌는데, 운전면허시험도 떨어지다니. 나는 심한 열패감을 느끼며 버스를 탔다.

그후 늦깎이로 대학을 다니고 국어를 전공했기에 학원 강사를 하게 되었다. 그때 나이 서른 살 정도였다. 원장이 나를 좋게 보았는지 소개팅을 주선해주었다. 그래서 나는 기대하면서 날짜를 기다렸는데, 며칠 뒤 원장이 조용히 나를 불렀다.

"현 선생님, 미안하게 됐어요. 여자측에서 현 선생님이 아직도 운전면허가 없다는 얘기를 듣고 놀라면서 소개팅을 하지 않겠다고 하는 겁니다."

나는 고개를 떨구었다. 그다음 말은 원장이 굳이 하지 않아도 되었는데, 비수가 되어 나에게 날아왔다.

"운전면허가 없다는 건 성실하게 살아오지 않은 것을 증명하는 거라고 여자가 말했대요."

나는 아무렇지 않게 웃으며 알겠다고 했지만 속으로는 너무 부끄러웠다. 그런데 나는 이상하게도 그런 자극을 받고도 운전면허 준비를 하지 않았다. 그때 내가 용기를 내어 이렇게 말했어야 했던 것인가.

"운전면허를 따고 올 테니 그때까지 기다려달라고 전해주세요."

그후 다른 여자친구가 생겼을 때 역시나 여자친구의 아버님이 내가 운전면허가 없다는 점을 의아해하게 생각해 그때 운전면허를 따야겠다는 생각이 든 것은 아니고 운전면허를 준비하는 시늉만 했다. 도서관에 가서 운전면허 필기문제집을 펼쳐 공부하는 시간을 보내기도 했다.

지금의 아내는 베스트 드라이버다. 서귀포가 고향인 아내는 고등학생 때부터 아버지의 트럭을 몰 정도로 운전을 일찍 시작했다. 어둡고 좁은 농로로 주로 운전했기에 자연스레 운전 연습이 된 것 같다. 그리고 스무 살이 되어 대학에 갈 때도 중고 경차를 직접 운전해 학교에 다녔다고 한다. 서귀포에서 제주대까지 가려면 한라산 도로를 건너야 하는데, 구불구불한 길이 겨울에는 눈길인 경우가 많아 고난도의 운전을 했다.

우리가 만나고 몇 개월 정도 지났을 때였다. 나는 버스를 타고 다니기 때문에 버스 노선에서 볼 수 있는 제주 풍경이 대부분이었다. 하지만 아내 덕분에 차로 갈 수 있는 곳을 누비며 다니다보니 내가 미처 보지 못한 제주 풍경이 있어서 새로웠다.

사람들이 걷고 있는 올레길을 아내는 차를 몰고 다녔다. 내가 여기는 사람들이 다니는 길이라고 말하자 아내는 원래 차가 다니는 농로였는데, 사람들이 이후 올레길이라고 이름을 붙이고 다니게 된 것이라고 말했다. 그래서 나는 아내에게 '올레길 자동차로 다니기' 책을 내면 좋겠다고 말했다.

운전을 못하는데 제주교통방송에 고정 게스트로 출연한 적도 있다. 서귀포에서 버스를 타고 제주시로 가서 몇 분 방송을 하고 다시 버스를 타서 교통카드를 찍으면

"동일 차량 승차입니다"라고 나온다. 아내는 5분 방송을 위해 왕복 2시간 버스를 타느냐며 나무랐다. 하지만 나는 5분 출연에 출연료를 이 정도 받는 것이라며, 어떤 변호사는 30분가량 출연하는데 나와 출연료가 같으니 내가 이익이라며 웃었다.

내가 맡은 코너는 '아침의 시'였다. 시 한 편을 읽고 그 시에 대한 감상을 말하는 시간이었다. 하지만 개편되면서 잘렸다. 국장이 바쁜 아침 시간에는 정보성 있는 시간이 중요하다고 말했다고 한다.

나중에야 알았는데, 그때 아내는 거의 매일 오전마다 남편이 나가는 것을 서운해했다고 한다. 둘 다 오후에 시작하는 일을 하고 있어서 오전 시간이 부부가 함께하는 시간이었는데 말이다.

내가 속한 문학단체에도 운전면허가 없는 남자 작가가 몇 명 있다. 내가 그 문학단체에 들어간 지 얼마 지나지 않았을 때 한 시인이 나와 내 옆에 앉은 꽤 나이든 시인을 가리키며 말했다.

"운전면허 없는 작가의 계보를 잇게 되는 거구나."

그러자 그 말을 들은 나이든 무면허 시인이 버럭 소리를 지르며 테이블을 엎을 기세를 보였다. 나는 깜짝 놀랐는데, 그렇게 무면허라는 것은 평생 스트레스일 수 있겠다는 생각이 들었다.

나는 운전을 못하지만 시에서는 운전을 하는 양 쓴다. 졸시 「마지막 주유소」의 화자는 운전자다. '마지막 주유소'라는 안내판을 보고 불안한 마음에 주유소에 들르는 운전자의 마음을 시로 썼다. 하긴 나는 담배도 피우지 않는데, 시에서는 담배를 피운다. 심지어 사랑한 적도 없으면서 만났다가 헤어진다. 이것을 놀랍게도 장이지 시인이 내 두번째 시집 해설을 쓰면서 간파해냈다. "사랑이 있었던 것은 맞는지, 혹은 사랑이 끝난 것은 맞는지."

내무반에서 〈국방일보〉를 외치다

나는 하사관으로 군복무를 했다. 내성적인 내가 어떻게 그 시절을 견뎠는지 나도 모르겠다. 1990년대를 강원도 철원에서 보냈다. 하사관으로 지내보니 계급의 문제점이 더 확실하게 보였다. 계급은 언제, 어디서나 불합리하다. 군대라고 해서 예외는 아니다. 계급이 위라는 이유로 문제가 발생한다. 중대장을 잘못 만나면 산을 여러 번 올라야 한다. 어떤 대대장은 아무렇지 않게 지도에 자를 대고 선을 긋는다. 그러면 병사들은 수십 킬로미터를 더 걸어야 한다.

예전에는 하사관이라 불렀는데, 요즘은 부사관이라 한다. 아무리 군대가 계급사회라고 하지만 하사관의 뜻이 장교 아래의 관리일 정도로 명칭부터 아랫사람으로 두려는 장교들의 계급의식에서 만들어진 말이다. 그래서 하사관들의 문제 제기가 있었고 결국 하(下)를 부(副)로 바꾸었다. 부는 두번째의 의미이며 보조한다는 뜻도 있다. 아무튼 이 부사관으로 나는 군대에 있었다.

고졸인 상태로 군대에 가서 하사관까지 하게 되었다. 하사가 되니 부대로 신문 구독을 할 수 있어서 〈한겨레〉 신문을 구독했다. 그때는 진보니, 보수니 그런 것은 몰랐다. 〈한겨레〉는 한자가 나오지 않아서 보기 좋았다. 그런데 나중에 알고 보니 그것은 매우 이례적인 일이었다. 이미 부대에서는 스포츠신문을 구독중이었고 간혹 〈조선일보〉나 〈동아일보〉 정도가 군대에서 볼 수 있는 신문이었다. 〈국방일보〉는 총기를 수리할 때 깔판으로 사용했다.

어느 날 대대장이 나를 찾았다. 기무대에서 한 기무관이 나를 찾아왔다는 것이다. 기무관은 국군기무사령부 소속으로 그곳은 주로 방첩과 군사 보안 관련 일을 한다. 기무관이 나를 찾는 점이 의아했다. 알고 보니 〈한겨레〉를 보는 점이 문제였다. 그리고 내가 '일과 후'라는 독서 창작 모임을 부대 내에서 추진한 것을 누가 이상하게 여겨 보고를 한 모양이었다. '일과 후'는 일과가 끝난 뒤 휴식 시간에 시를 읽자는 취지였는데, 그것 또한 군대에서는 흔하지 않은 일이었다.

잠깐 긴장했지만 그 일은 대수롭지 않은 것으로 쉽게 마무리되었다. 결정적으로 내가 고졸이었기 때문에 조사는 오래가지 않았다. 서울대를 다니다 온 학생이었다면 아마도 간첩으로 몰렸을지도 모를 일이었다. 아무튼 대대장의 권유로 〈한겨레〉 구독을 끊었고 부대 내 사조직 금지 또한 대대장이 언급해 그 모임은 해산되었다.

이런 일도 있었다. 신병 때의 일이다. 자대 배치를 받고 며칠 지나지 않았을 때였다. 잠자리에 누웠는데, 잠이 오지 않았다. 마침 소대에 병장이 보다가 놓아둔 스포츠 신문이 있어서 나는 손전등을 켜고 스포츠신문을 넘기며 보고 있었다.

불침번을 서던 상병이 나의 행동을 보고 기겁했다.

"완전 개념을 상실했구먼! 이병이 감히 신문을 봐?"

상병은 스포츠신문을 뺏고 빨리 취침하라고 명령했다. 그러고 나서 내가 그냥 잠들었으면 그나마 괜찮았을 텐데, 나는 내무반을 발칵 뒤집어놓을 만한 말을 했다.

"그럼 〈국방일보〉는 봐도 됩니까?"

상병은 그만 나자빠질 뻔했다. 그리고 일병과 이병

을 모두 기상시켰다. 한밤중에 탁구장에 집합했다.

이병은 신문을 볼 수 없다. 병장은 누워서 읽고, 상병은 앉아서 읽고, 일병은 상병 볼 때 곁눈질로 보고, 이병은 볼 수 없다.

“
마이너리그
”

축구를 할 때, 공이 가장 잘 안 오는 포지션을 선호한다. 공이 내 쪽으로 오는 것이 두렵기 때문이다. 대체로 공격수는 오른발잡이라서 왼쪽 수비수로 섰다가는 만신창이가 되기 십상이다. 그래서 오른쪽 수비수를 자처한다. 최대한 라인 쪽에 선다. 경합을 벌이다 골이 아웃되기 쉬운 지역이 비교적 나의 안전지대인 셈이다.

축구를 좋아하지만 축구를 잘하지는 못한다. 군대에 있을 때 축구를 자주 했다. 나는 주로 수비를 보았다. 수비를 하면서 가장 기분이 좋지 않은 상황은 자책골을 넣었을 때다. 상대편의 에이스는 일부러 수비의 발을 맞추어 골인이 되도록 하는 개인기를 부리기도 한다는 사실을 나중에야 알았다. 자책골이 나면 수비수는 죄책감에 빠지게 되고 골키퍼는 수비수를 불신하게 되어 수비 팀워크가 무너지게 된다.

만약 지금까지의 축구를 리그로 본다면 나는 득점은 없고 자책골만 다섯 골 정도 될 것이다. 마이너리그에서 뛰면서 거듭 방출되다보니 낮은 연봉으로 연명해오고 있다. 그래서일까. 나는 축구를 좋아하지만 프리미어리그의 열혈 팬은 아니다. K2리그를 흥미롭게 살피곤 한다.

군대에서는 소대 대항 혹은 중대 대항 축구를 주로 하는데, 축구가 곧 전투력으로 측정되기에 사활을 건 경기가 치러지곤 한다. 해마다 저조한 성적을 보이자 중대장은 독기가 올랐다. 중대장이 사단 인사과에서 축구를 잘하는 신병을 찾으러 다닌다는 소문이 돌 정도였다.

그리고 마침내 기회가 왔다. 우리 중대에 선출(선수 출신)이 신병으로 들어온 것. 그것도 무려 K리그 팀에서 골키퍼를 했다는 것이 아닌가. 주전은 아니었지만 그래도 K리그 현역 축구선수라니. 원래 상무로 갈 예정이었는데, 축구를 그만두게 되어 전방부대에 오게 되었다는 것이다.

우리는 신병 주위에 둘러앉아 인기 축구 스타에 대해 물었다. 긴장한 신병은 굳이 말할 필요 없는 선수들의 사생활까지 늘어놓았다. 우리는 무슨 〈연예가중계〉(TV

프로그램)를 시청하듯 반쯤 넋이 나간 채 신병의 이야기를 들었다.

선출 신병이 오자 중대장이 한걸음에 달려왔다. 한 달 뒤 중대 대항 연대 축구대회가 열리는데, 신병은 천군만마와 같았다. 일명 군대스리가. 군화를 신고 뛰는 선수가 있을 정도로 몸싸움이 심하고, 계급이 곧 선수 레벨이 되는 이상한 리그지만 중대장은 작년에 겪은 1라운드 탈락의 수모를 잊지 않고 있었다.

토너먼트 경기이기 때문에 승부차기까지 가는 경우가 많아 골키퍼가 중요했다. 내가 속한 10중대는 매 경기마다 승부차기를 하면서 마침내 결승전에 올랐다. 나는 당시 중사였다. 간부는 전원 선수로 등록되어 있었지만 나는 단 한 번도 뛰지 않았다. 중대장도 내가 개발임을 잘 알기에 엔트리에서 늘 나를 제외했다.

그날도 나는 벤치에 앉아 관전 모드로 경기를 보고 있었다. 우승하면 전체 회식이 있었기에 입맛을 다시면서. 상대는 작년 준우승팀 수색중대였다. 검게 그을린 피부가 말 그대로 전사를 연상하게 하는 피지컬이 강한 팀이었다. 반면에 소총중대인 우리 10중대는 선출 골키퍼가 유일한 희망이었다. 전반전이 0 대 0으로 끝났다. 상대팀의 파상공격을 골키퍼가 슈퍼 세이브로 모두 막아냈다.

그리고 후반전. 0 대 0이 계속 이어지고 있었다. 하지만 계속된 경기로 모든 선수의 체력은 고갈되어갔고 부상자가 속출했다. 후반 30분 즈음 되는 시간이었다. 우리팀 수비수 한 명이 그만 상대방의 깊은 태클로 다리 부상을 당했다. 감독 겸 선수인 중대장이 주위를 둘러보더니 떨떠름한 표정으로 나에게 손짓했다.

군생활 최대의 위기가 찾아왔다. 부상을 당한 선수는 하필 왼쪽 수비수였다. 나는 무거운 발걸음으로 경중경중 뛰어갔다. 나는 왼쪽 수비수와 위치를 바꾸어 오른쪽에 위치했다. 계급이 깡패였다. 나는 공이 나에게 오지 않기를 빌었다.

유능한 공격수는 상대의 구멍이 어디인지 쉽게 간파한다. 몇 분 지나자 공격수들이 나를 향해 돌진해왔다. 초원의 사자들 같았다. 나는 어린 가젤처럼 눈을 크게 뜬 채 우왕좌왕했다. 몇 번의 위기가 내 몸을 스치고 지나갔다. 몇 분만 더 버티면 승부차기로 간다. 나는 숨이 차서 헉헉거렸다. 풀타임을 뛴 것처럼 숨이 막혔다.

인저리 타임. 나는 뒷걸음치면서 공에서 점점 멀어

지려고 애썼다. 하지만 상대팀 스트라이커는 공을 몰고 내 쪽으로 달려왔다. 상의 유니폼을 벗고 뛰는 구릿빛 피부가 스파르타 군사를 연상하게 했다.

'으악! 왜 나한테만 오는 거야!'

흙먼지를 일으키며 스파르타 군사가 나를 향해 돌진해왔다. 나는 그만 눈을 질끈 감아버렸다. 그때였다. 나를 부르는 소리가 들렸다.

"현 중사님! 나오십시오! 볼이 안 보입니다!"

골키퍼의 목소리였다. 나는 순간 몸을 옆으로 날렸다. 나는 땅바닥에 고꾸라졌다. 골키퍼의 시야를 방해하지 않기 위해서였다. 그 순간 어떤 충격이 내 다리에 전해졌다. 나는 정신이 아찔하여 고통도 느끼지 못했다. 그리고 심판의 요란한 휘슬이 울렸다.

'어떻게 된 거지? 설마 골이 들어간 건가?'

나는 눈을 뜨는 것이 두려웠다. 그냥 그렇게 누운 채 전역할 때까지 기다리고 싶다는 생각이 들었다.

골키퍼가 나를 일으켜 세웠다.

"현 중사님! 나이스!"

'어라? 어떻게 된 거지?'

정신을 차리고 상황을 확인하니 상대 선수가 공이

아닌 내 다리를 걷어찬 것이 아닌가. 내가 갑자기 땅바닥으로 넘어지는 바람에 인간 공이 되었던 것이다. 그리고 나를 걷어찬 선수는 옐로카드를 받게 되었다. 게다가 경고 누적으로 퇴장을 당하기에 이르렀다. 스파르타 군사는 고개를 떨군 채 그라운드 밖으로 나갔다. 그의 등에는 굵은 땀방울이 송골송골 맺혀 있었다. 그제야 중대원들의 합성소리가 들렸다.

마침내 후반전과 연장전이 종료되었고 승부차기를 하게 되었다. 나는 거의 끝 순서의 키커였다. 나는 내 차례까지 오지 않기를 빌고 또 빌었다. 이런 나의 긴장감은 오래가지 않았다. 골키퍼의 선방 쇼가 이어졌기 때문이다. 결국 우리 10중대가 사단 축구대회에서 우승했다. 우리는 골키퍼를 헹가래질했다.

그후 몇 개월 지나 우리의 자랑스러운 골키퍼는 사단 본부중대로 전출을 가버렸다. 스카우트 된 것이다. 그리고 10중대는 리그 하위권으로 원대 복귀했다. 우리는 누구나 상위 리그를 꿈꾼다. 하지만 마이너리그면 어떠랴. 현역으로 뛸 수 있다면 그곳이 나의 무대다. 언더독은 꿈꾸기 좋은 계절을 지낸다.

"

골개비, 개오라지, 까구랭이, 개고리, 머가리, 메구리, 멕자귀

"

고등학생 때 뭍으로 수학여행을 갔을 때의 일이다. 고속도로 휴게소에서 한 아저씨가 나에게 대뜸 제주 사투리를 써보라고 했다. 아마도 관광버스에 적힌 제주도 학교 이름을 보고 제주도에서 온 학생이라 생각하고 물은 것 같았다. 나는 당황스러워서 고개를 가로저었다.

그런데 옆에 있던 한 친구가 그 아저씨에게 바로 대거리를 했다. "무사 마씨(왜요)?" 아저씨는 처음 듣는 말이었는지 놀라서 뒷걸음쳤다. 나는 그 친구가 멋있어 보였다. 제주도에서 온 학생들이라고 반기는 것은 좋지만 진귀한 구경거리가 난 듯 취급하는 것은 마뜩잖다.

또 군대에서 있었던 일이다. 새로 온 소대장은 칠판을 하나 내무반 벽에 설치했다. 무기명으로 자기가 하고 싶은 말을 자유롭게 쓰라고 했다. 제대 날짜를 쓰거나 건

의사항을 쓰기도 했다. 이병이었던 나 역시 별생각 없이 몇 번 썼다.

한번은 제주어로 한 문장을 썼는데, 어느 고참이 내가 쓴 글을 가리키며 누가 쓴 것이냐고 물었다. 나는 무기명이라서 잠자코 있었는데, 한 상병이 아무래도 제주도 말 같다며 나를 지목했다. 나는 할 수 없이 손을 들었다. "무사 경 용심냄수광?" 고참이 어색하게 읽으면서 무슨 뜻인지 물었다. 나는 "'왜 그렇게 화를 내세요?'입니다"라고 답했다. 그러자 고참은 얼굴이 붉으락푸르락하더니 나에게 버럭 용심을 냈다. "이거 병장들한테 하는 말이냐?" 나는 깜짝 놀라 아니라고 대답했지만 그날 탁구장에 집합했다.

양전형의 제주어 시집 『게무로사 못살리카』(다층, 2016)는 제주어를 살리기 위한 심정으로 낸 책이다. 유네스코에서 정한 소멸 위기의 언어 제주어. 자서에서 시인은 "제주어만 나열된 작품이 아닌, 제주어도 있고 문학성도 있는 시를 짓겠다"라고 포부를 밝혔다. 그에 걸맞은 작품들이 많다.

시 구절구절마다 제주어를 지키기 위한 마음이 전해진다. 등꽃의 불빛 같은 그 마음이 따뜻하다. 그의 제주어에 대한 마음은 시에 대한 마음과 같다. 시는 언어 예술이다. 제주어는 제주의 언어이기에 제주어 시 역시 예술로 별처럼 빛날 수 있다.

사투리는 이교도 같은 것이 아니다. 어떤 기준과 다르다고 해서 비표준어로 분류되지만 그렇다고 해서 배척되거나 조롱거리가 될 수는 없다. 제주어 역시 한국어다. 모두 풍성하게 쓸 수 있는 우리의 언어다. 우리가 제주어 시를 쓰고 읽는 까닭도 여기에 있다.

내가 제주도에서 초·중학교를 다닐 때는 학교에서 제주 방언은 쓰지 않는 분위기였다. "무사?", "~마씨" 정도는 일상에서 썼지만 특히 수업 시간에는 제주말을 쓰면 아이들이 깔깔깔 웃었다. 사투리를 쓰면 규격화되지 못한 사람 취급을 받던 시절이었다. 하지만 이제는 상황이 많이 달라졌다. 요즘은 제주어로 뉴스를 진행하는 TV 프로그램도 있고 제주어 문학의 위상도 높아졌다.

혹자는 제주 방언을 제주어라 부르는 것에 의문을 제기한다. 제주말이 다른 지역 사람에게는 외국어처럼 들리기는 하지만 그렇다고 해서 중국어나 일본어처럼 '~어'라고 하는 것은 무리라는 의견이다.

이렇게 제주어라 부르게 된 것도 최근의 일이다. 언

제부터 굳어지기 시작한 것인지 궁금해 제주어종합상담실(1811-0515)에 전화를 걸어보았다. 제주어라는 말은 일제강점기의 문헌에도 나타나기는 하는데, 본격적으로 쓰게 된 것은 1995년에 제주특별자치도에서 발간한 『제주어사전』에서 '제주어' 명칭을 사용하면서부터라고 한다. 그리고 2007년에 '제주어 보전 및 육성 조례'가 제정되면서 제주어라는 명칭이 공식화되었다고 한다. 『제주어사전』은 2009년에 개정·증보판이 나왔고 내년 2024년에는 4만 개 이상의 어휘가 담긴 『제주어대사전』이 편찬될 예정이다.

표준어는 우리를 이분법적 사고에 빠져들게 한다. 언어는 옳고 그름이 있을 수 없다. 사투리에는 우리의 정서가 담겨 있다. 지역의 정체성은 방언으로 살필 수 있다. 지역문화를 알려면 사투리를 알아야 한다.

'개구리'의 방언으로 지도를 만들 수 있다. 골개비(제주), 개오라지(전남), 까구랭이(경북), 개고리(강원), 머가리(황해), 메구리(평안), 멕자귀(양강) 등. 지역이 달라지면서 언어가 바뀌는 재미가 있다.

곽충구가 편찬한 『두만강 유역의 조선어 방언 사전』(태학사, 2019)을 보면 방대한 양에 놀라게 된다. 중국 길

림성 조선족자치주 한인 교포(함경북도 이주민 또는 그 후손)들의 조선어 방언을 수집해 엮은 책인데, 총 2권으로 4000쪽이 넘는다. 어쩌면 그것도 다 담지 못했을 것이다. 오랜 세월의 이야기를 어떻게 언어로 다 담을 수 있겠는가. 곶자왈에 가면 생이(새) 울음소리를 들을 수 있다. 돌벵이(달팽이)가 지난 자리에는 머잖아 재열(매미)이 앉을 것이다. 밥주리(잠자리)가 날면 낭썹(나뭇잎)이 더욱 푸르게 물결을 치겠지. 곶자왈에 제주어가 가득하다. 제주도가 제주어로 맹글어졌다(만들어졌다).

"

우표 편애

"

우표는 시처럼 이미지를 잘 보여주면서 상상하게 한다. 가만히 우표를 들여다보면 이야기도 들리고 어느덧 낯선 세계에 가 있게 된다. 시 역시 여러 번 반복해서 읽어야 시의 맛을 오롯이 느낄 수 있다. 시가 나에게 오기 전에 우표가 먼저 나에게 왔다. 두루미가 한 마리 그려져 있는 우표의 그 두루미 이미지가 나를 사로잡았다.

우표에는 화폐처럼 액면가가 표시되어 있기 때문에 어린 마음에 마치 돈처럼 귀하게 여기게 되었던 것도 같다. 외국 우표는 외국 화폐를 보는 느낌이다. 무엇보다 우표는 편지 봉투에 붙여 어디론가 오가는 것이기에 그 우표에는 수많은 비밀 이야기가 숨겨져 있는 것 같다. 그것은 시의 비밀 같은 신비로움이다.

내가 초등학생일 때 막내 외삼촌이 나에게 우표첩을

물려주었다. 사실 물려받았다기보다는 떼를 써서 받아냈다. 그때 우표 수집이 유행이라서 친구들과 함께 각자 모은 우표를 서로 보여주면서 놀았다. 진귀한 우표를 많이 갖고 있는 친구가 그렇지 못한 친구들의 부러움을 한몸에 받았다.

기념우표는 물론이고 여러 디자인의 우표는 각양각색의 이야기를 보여준다. 새 우표만을 모으면 여러 새의 모습을 볼 수 있는 조류도감이 되고, 기념하는 우표의 내용을 보면 우표 속에 역사, 문화 등이 다 들어 있다.

요즘 아이들이 포켓몬 스티커를 모으듯 그때는 소년들과 소녀들이 우표를 모았다. 우표첩을 들고 일요일에 친구 집에 모여 각자의 우표를 서로 구경했다. 우표 교환도 하고 문구와 우표를 바꾸기도 했다. 아이들에게 우표는 화폐였다.

월간 〈우표〉는 여러 우표에 대한 이야기를 들려주어 그 월간지를 구독하는 친구 집에 가면 주말 내내 그 집에서 놀곤 했다. 친구와 함께 카펫 위에 엎드려 서로가 모은 우표를 살펴보았다. 월간지에 실린 글과 사진을 보며 진귀한 우표들을 동경했다. 우표 속에 세계사가 담겨 있고 우주가 다 들어 있는 것 같았다.

우표를 살 돈이 없는 소년이었던 나는 편지가 오기만을 간절히 기다렸다. 편지 봉투에 붙어 있는 우표를 떼기 위해서였다. 거의 매일 우편함을 열어보았다. 간혹 규정보다 더 큰 우표를 붙여 보내오는 편지는 너무 감사한 편지였다.

그러다 넘어서는 안 될 선을 넘고야 말았다. 우표를 갖고 싶은 욕심에 그만 옆집 우편함까지 기웃거린 것. 우표를 몰래 떼서 갖는 절도를 저질렀다. 우표는 침만 묻혀도 잘 붙는다. 그래서 한쪽 끝을 잡고 천천히 떼면 양파 껍질처럼 스르륵 잘 떨어진다. 누가 볼까봐 초조했다. 사알짝 떼서 얼른 호주머니 속에 숨겼다.

꼬리가 길면 잡힌다고 했다. 나의 절도 행각은 그리 오래가지 못했다. 자꾸만 우표가 없어지는 것을 이상하게 여긴 옆집 아주머니가 우리집에 찾아왔다. 아주머니는 다짜고짜 내 우표첩을 보자고 했다. 나는 시치미를 뗐다. 우표에 이름이 쓰여 있는 것도 아니고 목격자도 없으니 들키지 않을 자신이 있었다. 하지만 아주머니는 형사 같았다. 아주머니는 내 우표첩에 있는 우표 중에서 소인을 확인하고 그 우표를 편지 봉투에 가져다 대었다. 마치 범인의 발자국을 확인하듯.

이 모든 수사의 제보자는 나랑 우표 모으기 경쟁을 벌이던 친구 요한이었다. 요한이는 내 우표가 갑자기 불어나는 것을 의심하기 시작했다. 그래서 우리집과 옆집 우편함을 확인하다 우표가 뜯긴 편지 봉투를 발견한 것. 그리하여 수사반장 요한이 옆집 아주머니에게 수사를 의뢰한 것.

그날 나는 엄마에게 크게 혼났다. 아무리 우표라고 해도 그것은 절도라며. 그렇게 나의 우표 수집은 막을 내리는 듯했다.

몇 개월이 지났을까. 서울에 있는 한 초등학교에 다니는 한 아이와 펜팔을 하게 되었다. 같은 학년, 같은 반, 같은 번호에게 서로 편지를 주고받기로 한 것. 편지를 보내고 얼마 뒤 답장이 집으로 왔다. 편지 봉투에 우표가 붙어 있어서 나는 편지보다 우표를 더 기다리며 편지를 쓰게 되었다.

가능하면 답장이 와야 우표를 모을 수 있기에 정성을 들여 편지를 썼다. 한번은 내가 우표 모으는 것을 좋아한다고 말했더니 편지와 함께 여러 장의 우표를 동봉해왔다. 그리고 붙여야 하는 규정의 금액보다 더 많은 우표를 붙인 편지가 오기 시작했다. 나는 클로버를 함께 보냈다. 행운을 준다는 네잎클로버를 찾기 위해 몇 시간이고 풀밭 위에 앉아 있던 적도 있었다.

그렇게 몇 년간 펜팔이 이어지다가 어느 순간 끊겼다. 우표 수집 유행도 점점 시들어갔다. 나도 우표에서 어느 정도 멀어졌다.

스무 살 넘어 좋아하는 사람이 생겼다. 나는 그 사람에게 나의 정표를 주고 싶었다. 나에게 소중한 것이 무엇일까 생각하니 그것은 우표첩이었다. 조금 주저하기는 했지만 사랑한다는 마음으로 10년 넘게 모은, 아니 막내외삼촌부터 시작하면 수십 년 넘게 모은 우표첩을 그 사람에게 건넸다. 그 무렵 나는 시를 쓰기 시작했다. "시를 쓴다더니 선물이 참 낭만적이네요." 그 사람이 웃으며 나에게 말했다.

몇 년이 흘러 우리는 헤어졌다. 문제는 그다음이었다. 가끔 여자친구 집에 가서 펼쳐보곤 했던 우표첩을 돌려받고 싶었다. 헤어지고 며칠 지난 뒤 나는 용기를 내어 여자친구 집 앞으로 가서 전화를 걸었다. "혹시 그, 내가 줬던 우표첩 다시 돌려주겠니." 내가 말하자 그 사람은 욕을 하면서 전화를 끊어버렸다. 결국 나는 그 우표첩을 돌려받지 못했다.

세월이 흘러 이제 그 우표첩은 내 마음속에만 남아 있다. 시 역시 그럴까. 시집을 갖고 있지 않아도 시는 마음속에 저장되어 있다. 시는 존재하지 않아도 존재한다. 우리가 시로 형상화하는 것은 우표가 아니라 그 우표에 얽힌 기억이다. 우표는 이미지일 뿐 감흥은 고스란히 우리에게 남아 있다.

예전에는 문구점에서 우표를 팔기도 했지만 이제는 웬만해서는 문구점에서 우표를 팔지 않는다. 우표를 팔지 않는 문구점을 생각하면 조금 쓸쓸하다. 더는 누군가에게 편지를 부칠 수 없다는 절연 같아서 괜스레 섭섭한 마음이 든다.

우편취급소에도 우표가 없다. 큰 우체국에 가야 우표가 있다. 예전에는 책꽂이에 우표첩과 시집이 같이 꽂혀 있었는데, 이제는 그런 모습을 보기 힘들다. 편지를 쓰는 일도 거의 없으니 소인 찍힌 우표를 보기도 어렵다.

나는 요즘도 가끔 우표를 산다. 기념우표 전지를 사면 배가 다 부르다. 외국에 여행을 가면 꼭 우체국에 가서 우표를 산다. 국제항공우편 소인을 동경하던 때를 떠올리며 본제입납으로 엽서를 부치기도 한다.

우표를 부활하기 위해 국가 기관에서 발행하는 고지

서에 우표를 붙이자. 소포를 부칠 때도 우체국에서 우표 대신 금액과 소인만 도장을 찍는 경우가 많은데, 그러지 말고 소포에도 여러 장의 우표를 붙이자.

편애라는 말은 부정적인 말로 들릴 수 있지만 소외받는 대상에게는 편애가 필요하다. 그것은 우표나 시나 처지가 비슷하다. 시 역시 누군가에게 편지를 쓰는 일이지 않은가. 오늘 밤 시를 쓰고 우리의 시간을 기념할 기념우표 한 장 붙여 너에게 편지로 보내야지.

“

나의 갈매나무

”

고등학생 때 수업 시간에 한 선생님이 우리는 변방에서 살고 있다고 말했다. 변방. 사실 그 말을 듣기 전에는 제주도가 변방이라는 인식을 하지 않았는데, 그 말을 듣고 나니 변방에 살고 있다는 생각을 하게 되었다.

백석의 시 「남신의주 유동 박시봉방」에는 '갈매나무'가 나온다. "그 드물다는 굳고 정한 갈매나무"는 타지에서 유랑하는 의식을 깨우는 동경의 나무이자 외로운 생활을 버티게 하는 위안의 나무다. 백석은 갈매나무를 좋아했을 것이다. 갈매나무는 주로 우리나라를 포함한 중국 동북부에서 아무르와 우수리 강에 걸쳐 분포한다. 백석은 고향인 평안북도 정주에서 그 나무를 보았을 테고 타관을 떠도는 북쪽 지역에서도 그 나무를 목격했을 것이다. 그가 고향 공동체에 대한 시를 많이 썼듯 문득 만나게 되는 갈매나무 앞에서 그는 여러 가지 감정이 교차했으리라.

누구에게나 갈매나무 한 그루가 있다. 나무는 그 자리에 그대로 있기 때문에 고향처럼 움직이지 않고 머물러 있는 존재를 떠올리게 한다. 지금은 많이 변해버린 고향이지만 나무 몇 그루가 옛날을 증언하기도 한다. 그 나무는 사라졌어도 같은 종(種)의 나무가 다른 곳에서 자라기 때문에 그 나무를 만나게 되면 우선 멈추게 된다. 나의 갈매나무는 비파나무다. 길을 걷다 비파나무가 보이면 멈추어 서서 가만히 바라보게 된다. 그리움과 아늑함의 감정이 뒤섞인다.

비파나무는 보통 3미터 훌쩍 넘게 자라고 큰 나무는 10미터에 이르기도 한다. 날씬하고 곧은 모습이 꼬장꼬장했던 할아버지를 닮았다. 할아버지는 젊었을 때 한의학을 배우셨지만 그 뜻을 이루지는 못하셨다. 할아버지는 밭일을 끝내고 집에 들어오시면 우선 발을 씻으셨다. 마당에서 세수를 하신 뒤 남은 물을 버리지 않았다가 발을 씻으셨다. 마루에 앉아 책을 소리 내어 읽었다. 친구들이 놀자며 나를 찾으면 그 친구들을 참새 쫓아내듯 막대기로 야단을 치셨다.

비파나무 나뭇잎은 물고기처럼 길다. 키가 커서 봄과 여름에는 녹색 나뭇잎이 파란 하늘에 대비되어 흔들린다. 그러면 정말 수많은 물고기가 헤엄치는 것 같다. 비파나무 그늘에 누워 그 모습을 보면 스르륵 잠이 잘 온다.

친구들과 함께 큰 비파나무 위에 올라가 놀기도 했다. 여름에는 노랗게 익은 비파 열매를 따 먹었다. 졸시 「비파나무의 집」("비파 씨앗을 뱉으면 다음 날 그곳에 새끼손가락 같은 싹이 돋았다. 생이들이 찾아와 그늘을 묻히고 날아갔다. 가끔 바람이 들어와 머물다 갔고, 돌벵이 식구 세 들어 살았다. 키가 훤칠하고 눈매 고운 비파나무가 그곳에 살았다.")은 어렸을 때 집 뒷마당에 있던 비파나무를 떠올리며 썼다. 비파나무와 함께 살아가던 그때의 시간을 저장해두고 싶었다.

나는 시에서 제주어를 자연스럽게 쓰려고 노력했다. 제주에 사는 새들은 제주어로 울까 하는 생각을 한 적 있다. 제주도에서 태어나 제주도에서 시를 쓰면서 제주어는 마치 운명처럼 다가왔다. 제주어를 쓰지 않고 제주를 말할 수 없기 때문이다. 하지만 완전한 제주어를 사용하면 전달이 되지 않는 문제점이 생긴다. 나는 그 해답을 백석의 시에서 찾았다. 백석은 평안북도 정주의 말을 쓴다. 「여우난골족」에는 엄매, 고무, 오리치, 숨굴막질, 아르간, 텅납새, 욱적하다 등의 낱말이 등장한다. 낯선 낱말들이 많지만 문맥에 따라 읽으면 그 뜻을 헤아릴 수 있다. 그런 식으로 시를 쓰면 되겠다고 생각했다.

「비파나무의 집」에는 생이, 돌벵이, 재열이, 밥주리, 강셍이, 낭썹, 벨롱벨롱 등의 제주어가 있다. 동시집을 낼 때 주석을 표기하지 말자는 의견도 있었으나 조금 거추장스러워도 해석을 위해 제주어에 주석을 달았다. 제주어는 표준어로 바꾸면 맛이 사라지는 경우도 있고 표준어로 대체할 만한 낱말이 없는 경우도 많다. '베지근ᄒᆞ다'의 뜻을 그냥 "따뜻하고 얼큰하다"라고 말하면 안 어울린다.

강원도에서는 물을 오리방석이라 말한다. 오리가 앉는 방석이라고 해서 물이 되는 것이니 정말 시적인 비유다. 사투리를 보면 그 지역의 마음을 읽을 수 있다. 한라산에 대한 책을 보다가 감탄한 부분이 있다. 한라산을 일컫는 말은 두모악, 영주산, 한라산 등 많은데 '한라'의 뜻이 "은하수를 끌어당기다"라고 한다. 조상들의 작명 솜씨에 놀라지 않을 수 없다.

시를 쓰기 위해 일부러 『제주어사전』을 펼쳐볼 때도

있다. 나는 제주도에서 태어났지만 내가 아는 제주어는 전체 제주어의 반도 되지 않는다. 사전을 넘기다 발견한 낱말 중에 '벨진밧'이 있다. 별이 내려앉아 진 밭으로 기름진 땅을 일컫는 말이다. 땅이 기름진 까닭이 별빛이 내려앉았기 때문이라는 생각을 누가 처음 했을까. 그리고 달이 진 밭은 달진밧이다. 그래서 써본 졸시 「은하수를 끌어당기는 한라산」("별이 내려앉아 벨진밧. 별빛 가루 흩어진 그곳에서 하늘강셍이처럼 놀아요.")이다.

어린 시절 흙장난을 할 때 가끔 보이던 땅강아지의 제주어는 '하늘강셍이'다. 그런데 '땅강셍이'가 아니라 '하늘강셍이'다. 이상하지 않은가? 왜 '땅강셍이'가 아니라 '하늘강셍이'라 이름 붙였을까? 그것에 대한 유추는 '벨진밧'이나 '달진밧'에서 찾을 수 있을 것이다. 농사를 짓는 사람은 하늘을 보며 농사를 짓는다. 땅이 곧 하늘인 생각이다. 비가 적절히 내리고, 햇빛도 잘 나고, 바람도 선선히 불어서 농사가 잘 되도록 하늘에 기원했을 것이다. 그런 까닭으로 '땅강셍이가'가 아니라 '하늘강셍이'가 된 것은 아닐까.

이 시는 고맙게도 '뚜럼 브라더스'가 노래로 만들어 주었다. 뚜럼 브라더스는 제주어로 노래하는 가수 박순

동을 주축으로 한 노래패다. 시가 곧 음악이기에 제주어 노래가 불려지듯 제주어 시가 노래로 많이 불려지면 제주어가 소멸 위기의 언어라는 위기에서 벗어날 수 있을 것이다. "제주어로 맹글어진 섬에 / 살아요."라고 표현한 것과 같이 이 섬은 제주어로 만들어졌다. 요즘은 제주어 라디오방송이 있을 정도로 제주어에 대한 대접이 예전보다 많이 나아졌다. 제주어에 담긴 제주도 사람들의 마음이 여러 가지 방식으로 표현되면 좋은 거라서 나는 내가 쓸 수 있는 제주어로 시를 형상화한다.

내가 산문집 『제주어 마음사전』(걷는사람, 2019)을 낸 까닭도 이와 비슷하다. 제주어 시를 쓰기 위해 펼친 『제주어사전』에서 모르는 낱말들이 너무 많아 절망했다. 그래서 시를 쓰기 전에 낱말카드를 먼저 만들어야겠다는 생각이 들었다. 제주어 낱말에 대한 내 느낌을 엥그리기 시작했다. 그것이 사전 형식의 에세이 책으로 나오게 되었다.

나는 어머니가 말하는 제주어를 들으며 자랐다. 하지만 듣는 대로 쓰지 않았기에 많이 잊어버렸다. 하지만 사전을 보면서 더듬더듬 옛 기억을 살피니 기억이 떠오르기 시작했다. 놀랍게도 나처럼 제주도 태생의 사람들도 이 책을 읽고는 자신도 잊어버린 낱말들을 다시 기억하게 되었다며 반가워했다. 제주도에 이주한 사람들은 제주어뿐 아니라 그 제주어에 담긴 생각과 문화를 함께 이해할 수 있어서 좋았다고 말했다. 언어에서 뉘앙스가 얼마나 중요한가.

허수경은 첫 시집 『슬픔만한 거름이 어디 있으랴』(실천문학, 1988)에 수록된 시 「땡볕」에서 "울 올케 사투리 정갈함이란 / 갈천 조약돌 이빨 같아야"라고 노래했다. 제주 사투리는 무엇과 닮았을까. 나의 제주어 시는 갈천 조약돌을 찾는 일과 같다. 어머니가 나에게 들려주신 제주어. 소도리를 좋아하셨던 어머니는 나에게 많은 소도리를 해주셨고 그것은 내 동시의 자양분이 되었다.

나의 갈매나무는 제주의 바람소리와 제주의 햇살로 맹글어졌다. 비파나무의 집에는 제주어가 산다. 나무는 사람보다 오래 사니까 몇 대에 걸친 이야기도 품을 수 있겠다. 나는 또 걷다가 비파나무를 만나면 잠깐이라도 눈을 마주칠 것이다. 내가 걷는 길을 비파나무는 물을 테고 나 역시 이 길이 맞는지 비파나무에게 묻겠지.

“
4·3길
”

저항의 시간은 언제까지일까. 저항하다가 실패했다고 해서 그 저항의 시간은 끝난 것일까. 제주시 건입동 주정공장 옛터에 주정공장수용소 4·3역사관이 생겼다. 저항의 시간은 아직 끝나지 않았다. 주정공장에 수용되었다가 다른 지역 형무소로 끌려갔던 사람들의 재심이 이루어지고 무죄를 선고받았다. 시신조차 찾지 못해 행불자로 분류된 사람들에게도 저항의 시간은 지속된다.

레지스탕스의 근본은 인간의 자유와 존엄을 지키려는 투쟁이다. 4·3사건 민중봉기의 바탕도 여기에 있을 것이다. 제주도에서는 1947년 3·1절 기념행사 발포 사건 이후 1년 동안 권력자의 횡포에 저항하는 사람들을 검거하고 고문했다. 그래서 당시 봉기를 일으킨 사람들의 구호는 “탄압이면 항쟁이다”였다.

몇 해 전만 해도 주정공장이 있었던 자리는 공터로 비어 있었다. 맞은편에는 제주항 여객선 터미널이 있어서 불귀의 객이 들락거릴 것만 같았다. 뒤쪽에는 높은 건물의 아파트가 들어서 있고 옆에는 주유소가 자리했다.

제주항은 계속 확장 공사중이다. 시(市)의 동쪽 화북에서도 제주항의 모습을 볼 수 있을 정도로 면적이 넓어졌다. 4·3사건 당시 잃어버린 마을 중 한 곳인 곤을동에서도 제주항에 정박한 배들을 볼 수 있다. 제주항의 외항이 화북까지 뻗어 있기 때문이다.

일제강점기에 기미가요마루호가 일본과 제주를 오갔다. 징용이나 징병으로 끌려갈 때 제주항을 거쳐야 했다. 현재 제주항 제2부두 연안여객터미널 앞에는 '일제강제동원 노동자상'이 세워져 있다. 그 노동자상은 깡마른 몸으로 손차양을 하고서 어딘가를 응시하는 모습이다. 지친 노동 속에서 고향을 그리워하는 마음을 떠올릴 수 있다.

주정공장은 동양척식주식회사가 고구마를 이용한 연료를 생산하기 위해 직영으로 세운 공장이었다. 일제수탈의 상징인 그곳은 4·3사건 당시 민간인을 가두는 수용소로 사용되었다.

오경훈의 『제주항』(각, 2005)은 제주항의 상징성으로 쓴 소설이다. 산지포구로 시작하는 제주항 이야기부터 신축항쟁, 예비검속, 한국전쟁 등에 이르기까지 제주 역사의 주 배경이었던 제주항에 대해 보여주는 연작소설이다. 제주항은 블루스 노래가 셀 수 없이 많이 나와야 하는 장소다.

중학생 때 처음 제주에서 목포로 가는 카페리를 탔을 때가 떠오른다. 그때 한 6시간이 걸렸던 것 같다. 멀미가 심했다. 갑판 위에서 검푸른 바다를 바라보는데 머리가 너무 어지러웠다. 그후로도 배를 타고 뭍으로 가는 일은 고역이었다. 그런 기억을 바탕으로 졸시 「남해」를 썼다. "이 정도의 멀미도 없이 어떻게 / 남해를 건널 수 있는가 / 바다에 수장된 음악이 / 손가락을 뻗어 안간힘을 다했을 흔적이 / 무엇이든 되어 우리에게 다가온다" 라고 썼다. 남해를 건너는 일의 역사성을 생각했다.

주정공장. 구황작물이기도 한 고구마가 전쟁물자로 쓰였다는 것이 잘 어울리지 않는다. 제주도에서는 고구마를 감저라고 하는데, 제주도는 이 감저가 그나마 잘 나는 땅이었다고 한다. 제주도 사람들은 배고플 때 이 감저를 먹었을 것이다. 일제는 제주도의 감저까지 군수

물자로 이용한 것이다.

일제는 제주도에 고구마전분 공장을 세웠다. 무수알코올을 뽑아내 동력 연료로 쓰기 위해서였다. 섬에서 고구마 재배를 많이 하여 빼때기나 감저범벅을 해서 먹기도 했는데, 그 고구마를 짜 연료로 만들 생각을 하다니.

이 주정공장은 죄 없는 사람들을 가두어놓는 수용소로 사용되었다. 일제가 만들어놓은 약탈의 공간에서 학살이 이루어지는 비극의 시간이 이어졌다.

4·3사건 당시 살기 위해 산으로 들어간 사람들은 토벌대의 선무작전에 따라 많은 이가 귀순했다. 그들은 주정공장에 수감된 채 갖은 고초를 겪고 수장 등의 방식으로 학살되었다. 육지 형무소로 끌려갔다가 대부분 처형되거나 실종되었다.

주정공장수용소 4·3역사관에 가면 육지 형무소에서 제주의 고향집으로 보낸 편지들을 볼 수 있다. 본인 몸도 성하지 못하면서 고향의 식구들을 걱정하는 내용이 대부분이다. 그들의 편지야말로 문학이다.

4·3사건 행방불명 수형인 군사재판 재심에서 무죄를 선고받은 사람들은 대부분 이 주정공장에 수감되었던 이들이다. 증언에 따르면 형식적인 재판도 없이 수

용인들을 처형했다고 한다. 그 원한을 어떻게 풀 수 있을까.

김수열의 시 「물에서 온 편지」는 주정공장에 수용되었다가 제주항 근처 바다에서 수장된 사람들을 위로하는 작품이다. "죽어서 내가 사는 여긴 번지가 없고 / 살아서 네가 있는 거긴 지번을 몰라 / 물결 따라 바람결 따라 몇 자 적어 보낸다" 덤덤한 말로 시작하는 이 시는 행불자가 아들에게 편지를 보내는 형식으로 되어 있다.

나 역시 주정공장수용소 4·3역사관에 전시된 수형인의 편지를 보며 마음이 숙연해졌다. 그들의 육성이 들리는 것만 같았다. 곧 죽을 수 있는 처지였는데도 고향의 식구들을 걱정하는 마음이 서글펐다.

나는 그 편지를 생각하며 시를 썼다. 졸시 「지상의 우편함」이다. "살아 있는 동안 어떤 소식은 / 나뭇가지에 걸려 흔들리고, / 또 어떤 소식은 끝내 받아보지 못하지" 억울하게 감옥에 갇힌 사람이 쓴 편지도 바다를 건넜다. 눈물과 바닷물에 축축하게 젖은 시간을 지났다.

장이지는 편지에 대한 시를 많이 썼다. 그의 시 「외워버린 편지」에는 이런 부분이 있다. "귀 안으로 흘러드는 잉크, 귀 안의 독, 귀 안의 잇자국 나는 당신 목소리만큼 무거운 당신의 필압을 느낀다 곁이 아니라 당신은 내 안에 있다 신장을 누르는 보라색 필기체" 필압은 여전히 우리를 누르고 있다. 저항은 편지를 읽고 또 읽어 완전히 외워버리는 일일 것 같다.

주정공장에서 나와 한라산 방향으로 이동한다. 한라산 도로를 따라가다가 사려니숲길로 들어선다. 그곳에도 저항의 장소가 있다. 이덕구 산전이다. 이곳은 4·3사건 당시 인민유격대 사령관이었던 이덕구가 이끄는 산사람들이 머물던 곳이다. 그곳은 북받친밭이나 시안모루라고도 불리는 곳인데, 줄여서 산전이라고도 한다.

사려니숲길 중간 즈음에서 버섯농장이 있는 쪽으로 가다보면 봉개리 4·3사건 관련 안내표지판이 나온다. 그곳에서 더 들어가면 길이 끊겼지만 기억하는 사람들이 묶어놓은 리본을 따라가면 나온다. 천미천 방향으로 거슬러올라가다가 계곡을 넘어 풀숲을 헤치고 들어가면 몇 기의 무덤을 지나고, 참호로 썼을 법한 돌담도 지나면 나뭇잎 사이로 햇살이 부서지는 그곳이 나온다. 따라온 것인지, 그곳에 머물고 있는 것인지 까마귀들이 나뭇가지에 앉아 운다.

제주도 사람들은 살기 위해 산으로 갔다. 강요배의

그림 〈한라산 자락 사람들〉에는 입산한 사람들의 마음이 표현되어 있다. 푸르른 한라산 아래 옹기종기 모여 있는 사람들은 불안과 평화로움이 교차한다. 아이들은 뛰놀고 어른들은 먼 산을 바라보거나 이야기를 나눈다. 짊어지고 온 것을 나누어 먹으며 곧 내려갈 수 있으리라 여겼을 것이다. 하지만 이들 중 대부분은 집으로 돌아가지 못했다.

"산으로 간다 / 무자 기축년 사월 / 사랑을 위해 산으로 간 / 그리운 사람이 그리워 / 달 없는 밤 / 올망졸망 어린 놈 입을 막고 / 산길을 떠난 그리운 사람을 찾아 / 산으로 간다"(김수열의 시 「입산」 부분)라는 시가 있듯 4·3사건 당시 소개령이 내려졌을 때 바다로 갈 수는 없어 산에 숨을 수밖에 없었다. 살기 위해 숨었는데 폭도가 되었다. 5·10총선거를 반대하기 위해 입산한 사람들은 가족 단위가 많았다. 실제 당시 찍힌 사진에는 마치 소풍을 나온 모습이었다. 풀밭에 앉아 두런두런 이야기를 나누며 농사를 걱정하는 농부들, 학교 갈 일을 생각하는 아이들의 모습이었다.

그렇게 입산한 남편을 따라 아내나 가족들이 뒤따라 가기도 했을 것이다. 그곳이 다시는 돌아오지 못할 곳이라는 것도 모른 채.

그후 이덕구 산전을 찾는 사람들이 있다. 현충일이 되면 충혼묘지가 아니라 이곳 이덕구 산전을 찾는다. 제주민예총 사람들을 주축으로 한 제주도의 예술가들이다. 김경훈 시인, 최상돈 가수 등이 그곳에 가서 제를 지내고 노래도 한다.

이덕구는 조천중학원 사회 교사였는데, 김달삼에 이어 두번째 인민유격대 사령관을 맡아 한라산에서 토벌대에 대항했다. 1949년 6월 경찰과 교전을 벌이다 최후를 맞았고 시신이 관덕정 광장에 매달렸다.

정군칠의 시 「이덕구 산전」을 보면 "스무엿새 4월의 햇, 살을 만지네/ 살이 큰 소나무를 어루만지며 / 가죽나무 이파리 사시나무 잎 떠는 숲"이라고 표현했다. 정군칠은 산전에서 '살'에 주목한다. '살'은 뼈와 함께 생명의 존재를 보여주는 역할을 한다. 죽으면 살이 다 썩는다. 그래서 햇살도 '햇, 살'이라 띄어 읽으며 살을 강조한다. 그렇게 해서라도 살을 붙이고 싶은 존재가 있기 때문이다.

산전(山田)은 화전(火田)에서 비롯된 말로 산에 머물면서 생활해 그런 이름이 붙은 것으로 보인다. 지금도 찾아가보면 당시 움막을 지었던 흔적으로 그때 머물던 곳을 짐작할 수 있고, 그때 음식을 해 먹었던 그릇들이 깨진 채 발견되기도 한다. 그곳은 죽으려고 간 곳이 아니라 살려고 간 곳이다. 삶의 연장선으로서의 산전이다.

이덕구 산전 가는 길에는 제주조릿대가 무성하다. 옆에는 천미천이 흐른다. 유격대는 중요한 식수를 천미천에서 해결했을 것이다. 지금은 제주조릿대가 장악했지만 4·3사건 당시에는 새가 길게 자라 숨어 있기 좋았다고 한다.

산전에 다녀오면 앓을 수밖에 없다. 산수국이라도 만나면 더 앓게 된다. 꽃잎이 더 따뜻하게 빛나니 마음은 역으로 차가워지게 된다. 이름도 묘하게 북받친밭이라 정군칠은 "나 며칠 북받쳐 앓고 싶었네"라고 예의 시에서 말했다.

몇 해 전 이덕구 산전에 갔을 때 최상돈은 〈전사의 맹세〉를 불렀다. 윤민석 작사, 작곡의 이 노래는 민중가요로 전해오는 노래인데, 4·3사건 당시 죽은 유격대를 위로하는 노래로도 들린다. "밤이 깊어 별이 하나 / 머리 위에 빛나거든 / 눈물 대신 내 무덤가에 / 총 한 자루 놓아주오 / 기쁘게 싸워 쓰러진 넋이라도 / 일어나 싸우리니 / 해방전사를 기억해주오 / 민족의 아들을" 4·3사건은 분단된 나라를 원하지 않았던 통일운동이었다.

햇빛의 세계로만 다닐 수는 없다. 달빛의 세계를 다니며 시를 읽고 노래도 불러야 한다. 우리는 그곳에서 그늘의 시간을 놓지 않을 것이다.

"

국수 생각

"

국수를 좋아한다. 음악만큼 국수를 좋아한다. 그래서 국수를 생산하는 공장에 취직한 적 있다. 국수공장이니 국수를 실컷 먹을 수 있을 것이라 생각했는데, 예상대로였다. 일이 끝나면 자투리로 버리게 되는 국수를 갖고 갈 수 있었다. 멸치국수로도 먹고, 비빔국수로도 먹었다.

워낙 국수와 음악을 좋아해 한 친구는 내 전화번호가 바뀌자 제주도에 있는 모든 국숫집이나 레코드 가게를 다 돌면 나를 만날 수 있을 것 같았다고 말했다. 국수를 좋아하니 국숫집이나 레코드 가게 주인이 되어 있을 것이라고.

국수 장사를 해볼 생각을 안 한 것이 아니다. 가게 자리를 보러 다닌 적도 있었는데, 일단 기술이 있어야 했기에 국수공장에서 일하면서 노하우를 배울 계획이었다.

벼룩신문에 마침 국수 공장 직원 모집 공고가 나와 입사 서류를 냈다.

마침내 사장과의 면접을 보게 되었다. 사장실 한쪽 벽에는 LP판이 가득했고 아주 큰 오디오가 있었다. 턴테이블에는 시카고의 〈이프 유 리브 미 나우(If You Leave Me Now)〉가 돌아가고 있었다.

사장은 내 이력서를 들여다보더니 말했다.

"식품영양학과를 나오지 않았네?"

나는 무슨 의도의 말인지 몰라 고개를 끄덕였다. 나중에 안 사실은 모집 공고에도 식품영양학과 졸업이 필수 사항이었다. 공장은 국수 소스를 새롭게 개발해 출시하려는 목표가 있었다. 그래서 식품영양학을 전공한 사람을 찾은 것이었다. 그때 나는 학력이 고졸이었다.

불합격이 확실한 상황이었다. 그래도 면접이었기에 형식적으로 몇 가지 질문과 대답이 오갔다. 막 자리에서 일어나려고 할 때 나는 무심코 오디오에 대한 질문을 했다. 그 오디오가 무척 부러웠기 때문이다. 그러자 사장이 밝은 표정을 지으며 오디오에 대한 말을 하더니 음악을 좋아하느냐고 물었고 나는 물 만난 고기인 양 음악 이야기를 늘어놓았다. 우리는 면접 시간보다 훨씬 긴 시간 동안 음악 이야기를 주고받았다. 사장과 나는 둘 다 산울림을 좋아했을 뿐 아니라 신기하게도 혈액형도 같았고, 별자리도 같았다.

채용 여부는 차후 연락을 준다고 했다. 나는 나중에야 필수 사항을 확인하고 기대하지 않았다. 그런데 합격이었다. 공장장은 반대했는데, 사장이 적극적으로 나를 추천했다고 들었다.

전공자가 들어오면 야심 차게 국수 소스를 개발하려던 공장장은 식품의 기초도 모르는 나를 못마땅하게 여겼다. 내가 손에 로션을 바르고 출근하자 손을 씻고 오라는 둥 나를 갈구었다. 지금 생각하면 이해되지만 그때는 힘들었다. 몸보다 마음이 힘들면 일하기 더 어렵다는 것을 그때 처음 겪었다.

국수를 매일 먹을 수 있어서 좋았지만 일이 힘들었다. 대학을 나오지 않은 것을 무시할 때도 있었다. 그래서였을까. 늦깎이로라도 대학을 가려는 생각이 들었다. 식품영양학과는 아니고 문예창작과.

그런데 자신감이 없었던 나는 나에게 정말 문학적 재능이 있는지 테스트하고 싶었다. 그래서 몇 군데의 신춘문예에 시를 보냈다. 그중 한 곳의 심사평에 내 시에 대한 언급이 있었다. 그때 나는 나의 가능성을 보았다. 그리고 다음 날 사직서를 내러 사장실로 갔다. 휴식 시간에 가끔 사장실에서 음악을 들으며 커피를 마시곤 했던 터라 사장은 아쉬워했다.

"지금 나이가 캠퍼스의 낭만을 느낄 나이는 아니잖아!"

그때 내 나이 스물일곱 살이었다. 지금 생각하면 참 젊은 나이였지만 그때는 나도 솔직히 대학에 가기에는 너무 늦은 나이라고 생각했다.

결국 나는 그해 수능을 보고 이듬해 문예창작과에 입학했다. 그때 만약에 문학의 꿈을 접고 계속 국수 관련 일을 했다면 지금쯤 국숫집을 하고 있을까.

엄마는 자주 멸치국수를 만드셨다. 면발은 쫄깃했고 국물은 깔끔했다. 내가 초등학생이었을 때 내 생일날 친구들을 집에 초대하게 되었다. 엄마는 국수를 만들어주셨다. 친구들이 엄마가 만든 국수가 맛있다며 만족해했다. 우리는 국수를 먹고 둘러앉아 부루마불을 했다. 따뜻하고 부드러운 국수 가락이 우리의 기억을 휘감고 있다. 엄마는 내가 중학생일 때 사고로 돌아가셨다. 내가 국수를 좋아하는 것은 어쩌면 엄마에 대한 그리움 때문인지도 모른다.

내가 다녔던 그 공장은 현재 제주 식품업계의 향토 기업이자 중소기업으로 계속 번창중이다. 잠깐 일했던 나를 기억할지 모르겠지만 그때 자투리로 남은 국수를 얻어와 집에서 엄마처럼 멸치국수를 만들어 먹었다. 그때 들었던 시카고의 〈이프 유 리브 미 나우〉는 지금 당신이 나를 떠난다면 나는 나의 커다란 부분을 잃어버린다는 뜻의 노랫말로 되어 있다. 추억은 우리의 커다란 부분을 갖고 떠나버린다.

생일에 국수를 먹는 것은 장수를 기원하는 뜻이다. 엄마는 생일마다 국수를 해주셨다. 나는 엄마 덕분에 아주 오래 살 것이다.

섬의 노래

1935년에 발표된 〈목포의 눈물〉은 일제강점기에 나라를 잃은 서러움을 달래주는 노래였다. 민요풍의 가락이 한의 정서를 녹여낸다. 원래는 "삼백 년 원한 품은 노적봉"인데, 조선총독부의 검열을 피해 "삼백련 원앙풍은 노적봉"으로 바꾸어 불렀다. 임진왜란이 끝난 지 300년이 지나 우리나라는 일본에게 나라를 빼겼다. 노적봉은 이순신 장군이 명량대첩 당시 지휘하던 장소다.

고향에 대한 노래는 곧 나라에 대한 노래가 된다. 고향들이 다 모여 나라가 되기 때문이다. 이 노래는 전국 애향 가사 모집에 따라 선정된 노랫말로 만들었다. 그 무렵 일제는 민족문화 말살정책을 펼치고 있었다. 그래서 노래를 불러 우리의 정신을 잊지 말자는 취지로 애향 가사 공모가 이루어진 것이다. 이 노래는 목포 사람들뿐 아니라 민족의 고향 노래로 지금까지도 불리는 명곡이다.

서귀포 새연교에 가면 새섬에 들어가는 입구에서 흘러나오는 노래가 있다. 조미미가 부른 〈서귀포를 아시나요〉다. 정태권은 고등학교를 졸업하고 무전여행으로 제주도에 왔던 감흥을 잊지 못해 이 노랫말을 썼다.

"밀감 향기 풍겨오는 가고 싶은 내 고향 / 칠백 리 바다 건너 서귀포를 아시나요" 노랫말에 나타나듯 1970년대 감귤산업이 한창 활성화되고 있을 때 이 노래는 서귀포의 풍경 이미지를 아름답게 그려주었다.

봄날 서귀포에서는 찔레꽃을 흔하게 볼 수 있다. 찔레꽃 피면 떠오르는 노래가 있다. 백난아의 노래 〈찔레꽃〉이다. 백난아는 제주시 한림에서 태어났다. 열네 살에 태평레코드사가 주최한 콩쿠르대회에서 2등을 차지하며 가수로 데뷔했다. 백난아 이름도 백난아를 눈여겨본 백년설이 지어주었다고 한다. 폐교된 명월국민학교에는 백난아기념관이 있다.

"찔레꽃 붉게 피는 남쪽 나라 내 고향 / 언덕 위에 초가삼간 그립습니다 / 자주 고름 입에 물고 눈물 젖어 / 이별가를 불러주던 못 잊을 사람아" 들으면 어느새 우리의 마음은 고향 마을 언덕에 가 있곤 한다. 일제강점기, 4·3사건, 한국전쟁, 산업화 등을 거치면서 고향을 등져야 했던 사람들이 많았다. 그래서 이 노래는 타향살이의 설움을 달래주는 노래로 국민가요가 되었다.

그런데 찔레꽃은 원래 하얀색인데, 이 노래에서는 "찔레꽃 붉게 피는"이라고 되어 있다. 하얀 찔레꽃을 붉게 표현한 것에 대한 까닭에는 두 가지 설이 있다. 하나는 일제강점기의 슬픔을 나타내기 위해 "붉게 피는"으로 표현했다는 것이다. 실제로 찔레꽃이 필 무렵에 하얀 꽃잎 사이로 붉은빛이 돈다. 또 하나의 추측은 찔레꽃이 아니라 해당화를 염두에 두고 지었다는 것이다. 해당화는 봄에 바닷가에서 붉게 핀다. 아무튼 하얀 찔레꽃이 붉게 보일 정도로 눈시울 붉게 만드는 노래인 것은 분명하다.

우리 가요사에서 지명을 노래 제목으로 하거나 노랫말에 들어가 있는 경우는 아주 많다. 현인의 〈비 내리는 고모령〉, 조용필의 〈돌아와요 부산항에〉 등 시대를 알 수 있는 노래를 지나 동물원의 〈혜화동〉, 재주소년의 〈명륜동〉 등 더 구체적으로 좁혀져 장소애(場所愛)를 노래한다.

제주도에서 활동하는 가수 부진철(Boo)은 평대리를 노래한다. 〈그 겨울 평대리〉는 그의 정규 1집 《섬의 편지》

(2018)에 수록되어 있다. 평대리는 당근을 많이 재배하는 곳이다. 농한기에 평대리의 풍경이 쓸쓸하게 다가온 것일까. 유명 관광지가 아닌 농어촌 마을을 배경으로 한 노래가 예사롭지 않다.

제주도의 겨울은 남쪽 섬이라 따뜻한 편이지만 겨울 바람이 불면 체감온도는 더 내려간다. 인가도 점점 보이지 않고 수확을 다 끝낸 밭 사이 좁은 길을 걸으면 내 발소리가 더 크게 들린다. 내 마음을 들여다보는 시간이다.

"저 파란 지붕 너머 / 그림 같던 한 줌의 햇살 / 수줍게 바라보던 뒷모습 / 고요한 정적만이 흐르던 / 그곳의 너와 나" 차분한 목소리로 부르는데, 처연하면서도 부드럽다. 왠지 겨울 평대리와 잘 어울리는 분위기의 노래다.

지역을 노래하는 것은 어떤 의미일까. 우리는 누구에게나 고향이 있다. 지역은 바로 고향이다. 수구초심의 마음처럼 결국은 고향의 노래를 부르며 마음은 이미 고향 마을 어귀를 서성인다.

〈제주도의 푸른 밤〉을 노래한 최성원은 가수는 노래를 따라간다는 말을 증명하듯 제주도에 내려와 법환동 바닷가에서 살았다. 윤수일이 〈제2의 고향〉을 노래했듯 내 고향이 아니어도 내가 살았던 혹은 인연이 있는 곳이면 정이 가는 것이 사람 사는 세상의 노래이겠지. 오는 주말에는 "아파트 담벼락보다는 바달 볼 수 있는 창문" 앞에 앉아 좋아하는 노래를 들으며 차 한잔하는 것은 어떨까.

“

구석에서 쓰는 시

”

매화는 이미 다 졌고 벚꽃이 피기 시작했다. 한라산 산꼭대기의 눈도 보름 전에 다 녹았다. 벚꽃 개화 시기 지도를 보면 봄 물결이 남에서 북으로 올라가는 것을 확인할 수 있다. 우리나라에서 지리적으로 구석이나 다름없는 이곳 제주도가 모처럼 봄에는 주인공이 된 것 같다.

어릴 때부터 구석을 좋아했다. 식당에 가서도 구석 자리를 먼저 찾는다. 구석은 숨어 지낼 수 있는 은신처였다. 구석에 있으면 나만의 방이 생긴 것만 같다. 구석에서 시가 발견되곤 한다. 눈에 잘 띄지 않는 곳에 시가 있다. 시인은 그 구석에서 진실의 이미지를 찾는 것이 숙명일지도 모른다.

기억 중에도 구석에 있는 것들이 있다. 구석은 영혼의 안식처가 될 수 있다. 애니메이션 〈코코〉(리 언크리치

감독, 2017)를 보면 사후의 귀신들이 산 사람들의 기억으로 모습을 유지하는 것으로 나온다. 멕시코의 전통 명절 '죽은 자의 날'을 배경으로 했다는 이 이야기는 우리의 기억은 구석에서 웅크리고 있다고 말하는 것 같다.

총인구 중 65세 이상의 노인 인구 비율이 높은 사회를 고령사회라 일컫는데, 우리나라는 고령사회를 이미 지나 2025년부터 초고령사회가 될 예정이라고 한다. 노인 돌봄 혹은 노인 복지가 앞으로 점점 더 많이 강조될 것이다. 누구나 늙어간다. 점점 세월의 구석을 향해 간다. '뒷방 늙은이'라는 말이 괜히 나온 것은 아닐 터다.

요양원은 생애 마지막 정류장 같은 곳이다. 삶의 구석이다. 그곳에는 얼마 남지 않은 시간과 평생을 저울질하다가 기울어진 무게로 지난한 시간을 통과하는 사람들이 머문다. 우리의 기억은 소중한 사람에게 구석을 내어준다. 아버지는 요양원에서 몸이 점점 여위어가다가 너무 가벼워져서 바람에 날아가버리셨다.

구석과 구석을 연결하는 것은 이별과 만남을 나타낸다. 그래서 역, 정류장, 항구 등은 다른 구석으로 가는 공간인데, 이런 공간 인식은 이승과 저승으로 귀결된다. 해녀는 물질을 하며 저승을 넘나든다고 한다. 바닷속이 저승이고, 바다 밖이 이승이다. 기억을 잃어버리거나 기억의 혼란이 온 사람에게 이승은 저승을 넘나드는 시간이다. 간혹 바다 밖으로 모습을 내미는 여(礖)처럼.

제주도 출신 노동운동가 박성인은 변방보다 가장자리라는 말을 쓰자고 말한다. 가장자리는 어떤 면의 주변에 있는 가늘고 긴 공백 부분인데, 그곳에서 변화가 가장 잘 이루어진다는 것이다. 초보 농부를 자처하는 박성인은 30년 넘게 노동운동을 해왔다. 그는 연세대 사회학과에 입학했으나 군 제대 후 복학하지 않고 노동 현장에 뛰어들었다. 1986년 다산·보임 사건, 1991년 제파PD그룹 사건으로 두 차례 감옥생활을 했다. 둘 다 국가보안법 위반 혐의였다. 지금은 귀향하여 농사를 짓고 농민장터를 연다.

가장자리 농법을 말하는 그가 한 말 중에 이 말이 오래 기억에 남는다. "시인은 꽃을 보고, 농부는 뿌리를 본다." 구석에서 쓰는 시는 삶의 꽃이 아니라 뿌리를 보는 일이어야 할 것이다. 나는 좀더 구석으로 들어가야겠다.

“

절판된 시집들의 밤

”

두번째 시집이 절판되어 출판사에 전화를 걸었다. 중쇄에 대해 물으니 계획이 없다는 대답을 들었다. 그 시집에 수록된 시 몇 편이 독립영화 〈시인의 사랑〉(김양희 감독, 2017)에서 내레이션으로 쓰여 내심 기대했는데, 인세를 받으며 중쇄를 찍는 일이 나에게는 이루기 어려운 호사다. 그날 밤에는 좀 우울했다.

학연, 지연처럼 등단 매체를 확인하는 것이 한국 문단이다. 나 역시 작가의 프로필을 볼 때 등단지를 유심히 본다. 출신 성분이 좋지 않은 나는 무명 시인이다. 문우 중 누군가는 내 등짝을 내리치며 무명 시인이라 말하지 말라고 하지만 자조라기보다는 마음 편히 생각하는 것에 더 가깝다.

문단 내 말 중에 '필자 교류'라는 말이 있다. 두 문예지로 필자를 맞교환하는 방식이라 원고료가 없다. 가뭄에 콩 나듯 원고 청탁이 들어오는데, 원고료가 있는 경우는 드물다. 그래도 최근에는 가급적 원고료를 지급하려는 분위기여서 이전보다는 낫다.

서점에 가면 시집 코너에 시집이 많지 않다. 그래서 나는 시 쓰는 아내와 함께 시집 전문 서점을 열었다. 유통이 잘 되지 않는 시집들의 정류장을 마련하고 싶었다. 하지만 처음 몇 달 동안 손님은 거의 오지 않고 기자들만 찾아오더라.

시집 서점을 내기 위해 서울에 있는 시집 서점에 먼저 가보았다. 하지만 그곳에서는 유명한 시인들이 유명한 출판사에서 낸 시집만 주로 비치되어 있었다. 시집 서점인 만큼 내가 모르는 시인의 좋은 시집을 발견하는 기쁨을 느끼고 싶었는데 말이다. 그래서 제주도에서 여는 시집 서점에는 지역 시인들의 시집을 우선 모았다.

첫번째 시집과 두번째 시집이 절판된 이후로 나의 밤은 절판된 시집들의 밤이 계속 이어진다. 헌책방에 있는 시집들을 사 모으기도 했는데, 빛바랜 시집들—안도현 시인이 '햇볕의 발자국'(「오래된 발자국」)이라 표현한 그 변색된 시집들—을 금싸라기처럼 갖고 있다가 이

사갈 때 먼 나라로 떠나보냈다. 안타깝게도 나는 낡은 책 알레르기가 있어 오래된 책만 펼치면 콜록콜록 기침을 한다.

시집 서점에 가만히 앉아 있으면 시집 무덤에 있는 것 같다.

내가 쓴 동시집 『두점박이사슴벌레 집에 가면』에는 멸종위기 야생동식물에 대한 작품이 꽤 있다. 그중 한라솜다리에 대한 동시를 쓰면서 알게 된 사실은 한라솜다리가 에델바이스와 같은 속(屬)이어서 많이 닮았지만 다른 식물이라는 점이다. 처음에는 한라솜다리를 제주의 에델바이스라 여겼는데, 따져보았더니 한라솜다리는 엄연히 한라산 고유종이다.

나는 제주도에서 태어나 제주도에서 시를 쓴다. 비록 무명 시인이지만 한라솜다리처럼 제주도 고유의 시인으로 시를 써야겠다는 다짐을 한다.

제주도에 있는 지역 출판사 중 한그루출판사가 있다. 내가 좋아하는 출판사라서 내 동시집도 이곳에서 냈다. 한그루는 의도하지 않았는데 제주도의 새 관련 책을 많이 내면서 어느새 제주도 생태 전문출판사가 되었다. 지역에서 출판사를 운영하면 자연스럽게 그 지역의 생태 전문출판사가 되는 것이 아닐까.

그러므로 나 역시 이 섬에서 나이가 지긋하게 들 때까지 시를 무던히 쓰다보면 누군가 나를 향토 시인이라 불러주겠지. 그러면 감지덕지다. 서울에서 시를 쓴다고 해도 서울의 정서를 놓치지 말아야 할 것이다. 검정치마가 〈내 고향 서울엔〉에서 부산에서 만난 동백꽃을 보며 서울을 그리워하듯 나는 어디를 가든 이곳 제주를 노래해야 하리라.

지금까지 네 권의 시집을 냈다. 첫번째, 두번째 시집은 절판되었고 세번째, 네번째 시집은 판매중이지만 판매량이 지지부진하다. 가끔 인터넷 서점에 들어가 내 책의 판매 지수를 확인한다. 오늘은 지난주보다 좀더 내려갔다. 이렇게 에고서핑을 하고 나면 허탈해지곤 한다. 그래도 어떤 블로거가 내 시에 대한 감상을 올려놓은 것을 보면 그렇게 반가울 수가 없다.

누군가는 내 시를 읽고 있다. 그러고 보면 처음 시를 쓸 때 내 시는 불특정 소수에게 갈 것이라 예감했다. 그래도 행복할 것이라 여겼다. 단 한 명의 누군가가 있다면 시를 써야지. 설령 그 한 명도 없으면 또 어떠랴. 내가 좋아서 쓴 시다. 내가 좋아서 본 영화, 내가 좋아서 들은 노래처럼 내가 시를 쓰는 것이 좋아서 나는 내일도 시를 쓸 것이다.

시로 빛을 볼 수 없을 것 같아 다른 장르를 기웃거리기도 했다. 소설을 썼더니 긴 분량의 시를 쓴 것 같다는 말을 들었다. 노랫말이 된 시도 있지만 숨어 듣는 나만의 명곡이다. 나를 캐릭터로 한 인물이 주인공으로 나오는 영화도 있지만 그 영화를 보고 시집을 찾아 읽는 사람은 많지 않다.

무명 시인으로 오래 지내다보면 이마에 뿔이 생긴다. 그 뿔로 세상을 향해 나아간다. 방과후 독서 논술 강사, 학원 국어 강사, 프리랜서 기자, 일명 영혼 없는 글쓰기 알바 등 투잡을 해야 하는 시인들에게 힘을 내자고 말하고 싶다. 우리에게는 뿔이 있으니 시로 세상을 받아버리자고.

달빛요정 역전만루홈런은 노래한다. "덤벼라 건방진 세상아 / 이제는 더 참을 수가 없다 / 붙어보자 피하지 않겠다 / 덤벼라 세상아 / 나에겐 나의 노래가 있다 / 내가 당당해지는 무기 / 부르리라 거침없이 / 영원히 나의 노래를"(〈나의 노래〉 부분) 이 노래처럼 나는 나의 노래를 불러야지. 나에게는 노래가 있다.

날마다, B

어느 수줍은 시인의 B급 라이너 노트

초판 1쇄 인쇄 2023년 12월 4일
초판 1쇄 발행 2023년 12월 14일

지은이 현택훈

편집 박민영 정소리 | 디자인 윤종윤 이주영 | 마케팅 김선진 배희주
브랜딩 함유지 함근아 고보미 박민재 김희숙 박다솔 조다현 정승민 배진성
저작권 박지영 형소진 최은진 서연주 오서영
제작 강신은 김동욱 이순호 | 제작처 천광인쇄사

펴낸곳 (주)교유당 | 펴낸이 신정민
출판등록 2019년 5월 24일 제406-2019-000052호

주소 10881 경기도 파주시 회동길 210
전화 031.955.8891(마케팅) | 031.955.2692(편집) | 031.955.8855(팩스)
전자우편 gyoyudang@munhak.com

인스타그램 @thinkgoods | 트위터 @think_paper | 페이스북 @thinkgoods

ISBN 979-11-92968-84-1 03810

* 싱긋은 (주)교유당의 교양 브랜드입니다.